JN065839

異聞 深川七不思議

夜と月の呪祓師

じゅふつし

水川清子

猿江商會

目次

不思議の一
永代の落橋

1・文化五年／冬
永代の落橋

絹の衣、象牙の櫛、紅玉の簪。

生まれたときから、世の娘が憧れる全てのものが手に入る立場にありました。そして、本当に欲しいものは決して手に入れられない呪いにかかっておりました。

しかしあるとき、奇跡が起きました。齢十六の春でした。

いとも簡単にこの呪いを打ち破ってくださったのは、あなた様ただお一人。突然わたくしのめさきに現れました、あなた様ただお一人だったのです。

絹の衣も象牙の櫛も、紅玉の簪も。何もかも、要りません。この手には、あなた様があの雨の日にくださった手ぬぐいひとつで十分。これ以上のものなど、何も持てないほどに、満ち足りた気持ちになるのです。

この、何者にも勝る喜びを、手足をちぎられるような切なさを恋と呼ぶのならば、わたくしはなんと不幸なのでしょう。

この恋さえ。この恋の化身たるあなた様さえそばにあればよかったのに、わたくしは全て……。全て、失ってしまったのですから。

ああ、にくい。

こんなにも、世をにくんで、人をにくんで、自らの輪郭さえをも失ってしまいそうなほどなのに。

今日もわたくしは、生きていくしかないのです。

・

鬼に天狗、氏神に付喪神(つくもがみ)。家鳴り(やなり)鬼、ぬりかべ、あかなめ、一反木綿にがしゃどくろ。そして死して天に昇らず、輪廻の巡りに加わることなく、哀れに浮世を彷徨(さまよ)う霊魂。

人の世に在る、人ならざるものたち。

こまかく数えだしたらきりがない。人の生きる浮世とて、彼らが混じり息付くことは多いもの。それ自体はなんら不思議でない。この世の人が、彼らを見る目を持とうが持つまいが、そこに在るものはただ在るのみなのである。それは遥か彼方のいにしえから、富士の山が駿河国に鎮座し続けていることと同じであり、お天道様が毎日東から昇ることとも同じである。

しかし、少々困ったことをしでかすものらがいるのも事実。

闇夜に現れ人を驚かす、子供らの手から菓子を奪って泣かせる、なんて可愛いうちなら捨て置いても良いのだが、往々にして、人間の心身を害し、ときに命を奪うものもあるのだ。

彼らを総称し、室町の征夷大将軍は〝呪穢(じゅえ)〟と名付けた。彼らに統一した名が与えられたきっかけは、長く人々を苦しめた応仁の乱。無念の死や強者への怨恨、深き絶望が都を覆い、かつてなく長い泥沼の戦乱を境に、とにかく霊障や呪いの類が増えてしまった。ときの為政者も、人ならざるものらの悪事を見て見ぬ振りができなくなったのだ。

そうして、名を得た呪穢なる敵を打ちはらい、あるべきところに送り還す役目を負った〝呪祓師〟なる仕事がうまれた。その仕事は、〝祓い手〟と〝祈り手〟の二人が揃って初めて成される。

さて、時代はくだり、物語の舞台は江戸深川。水が満ち、溢れ、ときに全てを飲み込む儚い町。日常に死が蔓延る、呪い穢れと縁深き深川の町である。

人口約八十万人ともいわれるほど人が多く暮らす江戸には、当然のことながら悲劇も多い。悲劇が多ければ、得てして多くの呪穢がある。それゆえ、ここ江戸の呪穢祓いの拠点、深川「呪安寺」には腕に覚えがある精鋭たちが集っていた。

・

文化五年。世を治めるは、十一代将軍徳川家斉。

早朝、暗い隅田の川にかかる永代橋のたもとには、多くの人々が集まり分厚い肉壁をなしていた。

「また人死にだって？」

「ああ、今度は子供が一人」

「さっき運ばれてった母親の息はあるんだろ？」

「ああでも、溺れて水を飲んじまったらしいから、まだ目を覚ましてないとか」

ざわつき、白い息を吐く野次馬たちの中心で、ひときわ声を大きく張り上げる男が一人。岡っ引きの鶴太郎だ。

「どいたどいた、散った散った！　おめぇら、仕事があるだろう。いっくら夜明けが遅い師走だからってぇ、もうじき市が始まる時間だぞ。いつまでここで死体眺めてるつもりだ！」

しかし、ほとんど唯一の才能ともいえるほどの大声と比べると、いささか頼りなく背が低い。そんな、若き岡っ引きにひるむ町人らではなかった。ここに、深川一帯の岡っ引きらの親分、同心の亀彦でもいたならば話は別だったろうが、懸命に両手を振って人払いしようとする鶴太郎の努力はほとんど全くの無駄といっていいような状況である。

「ほら、永代橋が人を殺してんだろう。夜中になると、橋が幻になって、渡ろうとした人間を川に落とすらしいぞ」

「見な、あの麻布からはみ出した腕。九つの子供の死体にゃ見えんよ、あんなに太く膨れ上がって、可哀想に」

「恐ろしいね、水死体てのは。何度見ても慣れんな」

ザワザワ。

「呪いだ……永代橋の呪い」

「ああ、気味が悪い。何度も何度もお祓いしてるっていうのに」

「もう何人めだ、この橋に、人が取り殺されるのは」

ザワザワ、ザワザワ。

「去年の、八幡様のお祭りのときからずっとだ」

「永代橋が落ちたあのときだろう？」

「ああ、二千の人が死んだってよ」

「あのとき死んだ誰かが呪ってんのか、それとも永代の橋自体が呪いの橋なのか、はたまた両方か……」

　ザワザワ、ザワザワザワ、ザワザワザワ。

　漣（さざなみ）のように満ちては引き、ゆっくりゆっくり薄く広がっていく、暗く低い噂声。冬霧に阻まれて、上がりつつある朝の陽は隅田の水面を照らすに及ばない。

「ちっ」

　鶴太郎は舌打ちした。

（この永代橋の人死には、普通じゃねえ。これじゃあこの前の……半年前の幽霊橋のときみてえに、本当においらにゃ手に負えねえヤツが顕現するかもしれねえぞ）

　彼は妖（あやかし）や霊の類、そして呪穢の姿も見ることはできないが、多くの岡っ引きらと同様、知識だけはある。そして、この永代橋の人死にが、おそらくは呪穢のせいであろうことも見当がついていた。さらに付け加えると、精鋭ぞろいと呼び声の高い深川の呪祓師たちが手を出しかねていることから、相当手強いのだろうことも、わかっていた。

　だから、これはまずい。

　上がったばかりの水死体に、暗い冬の朝。一年分の膿（うみ）が、まさしく川を伝って海に流されようという師走に、この流れの遅い川岸に野次馬たちがいるのは、非常に良くない。それに、濃い霧。未だささない陽光。暗く、不安げな人々の声。じっとりとした恐怖に揺らいでいる数多（あまた）

の心……。

　その全てが、呪穢の力を増幅させる要素になり得た。だからこそ一刻も早く、ここから人を追い払わないとならないのに、鶴太郎には為す術がなかったのだ。

　一層、霧が濃くなった。いや、不安のせいで、霧が濃くなったように錯覚しているだけかもしれない。勇ましき罔っ引きらしからぬ不安にとらわれて、鶴太郎はブンブンと首を振った。

（それに、おいらはあいつらの手を借りたかねえ）

　たよりの亀彦親分は、夜警を終え先ほど床についたばかりだ。起こすわけにはいかなかった。

　そのときだった。

「どきな」

　低く、短い声。続けて、しろがねにきらめく一閃。

　野次馬たちは、一斉に後ろを振り返る。

　そこには、刀を振り抜いた格好の青年が一人。そしてバサリと切り捨てられた何かが、地に伏して倒れていた。しかしその何かを視認することが出来たのは、野次馬のうちのほんのわずかにすぎない。多くの者には、突然刀を抜いた不審な男が一人立っているようにしか見えなかったろう。

「この呪穢は、人死にの原因じゃ、因穢じゃねえな。引き寄せられただけか」

　キン、と小さく鍔の音がし、刀身は鞘に収められた。

「ヒッ、なっ、なんだいあんた、お侍か？」

「おっ押すな、押すな！」

「うわわわわ。転ぶだろうがっ」

抗議の声を無視し、無遠慮に人垣をかき分け、ズンズンと川岸にやってくるその青年。

「だから、どきなと言っている。呪安寺の夜次が通る」

そう名乗った彼の、この時代ではまず見ない見事な長身。六尺に届くか届かないくらいの上背に、鴉色の羽織を着て、脚の捌きやすい股引を穿いていた。それと同じ色の、威嚇した野鴉の羽のように跳ね回る髪を、彼は無造作に高い位置でひとつ結びにしていた。

夜を冠したその名にふさわしく暗闇色の羽織を背負った青年は、呪安寺の呪祓師・祓い手の夜次である。

「じゅあん……あの、バケモノ祓いの連中か！」

「ヒッ、呪われる、見ちゃいけないよっ」

そう、恐怖に震えた声を漏らす町人らに、夜次は切れ長の目で一瞥をくれる。たったそれだけで、野次馬らはシンと黙った。侍以外で唯一帯刀が許されている祓い手の機嫌を損ねてはならないというわけである。

夜次は、美男といっていい風貌だ。江戸三座のいずれに上がっていてもおかしくない。しかし、その顔に浮かぶ表情はあまりに険しく、歌や舞より、血生臭い戦場の方がはるかに似合うだろう。

「鶴。なんで寺に連絡をよこさなかった。これは俺たちの仕事だ」

つり上がった目をなお尖らせ、夜次が鶴太郎を睨んだ。

「うっ、うるせえやい！　まだ寝てると思って起こさないでやったんだ、この俺様の優しさに感謝しやがれぃ！」

苦し紛れにそう言い返した鶴太郎だが、彼は「あいつら」こと呪安寺の呪祓師連中がなんだか薄気味悪くて好かないのである。それに、なんだかんだと岡っ引きらの事件に首を突っ込み、手柄をかっさらっていくところも気に食わなかった。憧れの亀彦親分に一目置かれているところも、むろんむかっ腹の要因である。

「てえか、祓い手のおめえ一人じゃどうにもならんだろうよ。さっき切り捨てたそこの呪穢も放置する気か？　ほら、祈り手の坊さんはどうした、いねぇのか？」

「永月坊が来てるさ」

「は？　どこに……」

夜次は吠え続ける鶴太郎を無視し、麻布のそばに跪いた。下にあるのは、今回の被害者の遺体だ。

「……先生、頼む」

そして、後方に小さく声を投げかけた。そこに、夜次がかき分けた人垣の合間を、ゆっくりと歩いてくる男がいた。

先生、と呼ばれたその男の名は永月。袈裟姿に笠をかぶった僧侶だ。笠で目元が隠れており、輪郭の線が細く、坊さんのくせに髪を長く伸ばして背でひとつに結わえている。年齢不詳の雰囲気だが、歳のころは三十と少し。

　一見、老人と見まごう白髪をしていた。しかし光沢があり、まだ若い者の髪の毛だとわかる。まるで人形のような髪だ。そしてその真っ白の髪の毛こそが、彼が普通の坊主ではないということの証左（しょうさ）だった。

「大丈夫か。俺、早く歩きすぎたか」

「いいえ。すみませんね。私は見えないので」

　夜次の相棒たる彼は盲目なのだ。

「この天気、呪穢にとっては条件が良すぎる。それに、遺体を野ざらしは……。先生、早く」

「はいはい、君に言われなくても。……哀れだね。まだ年端（としは）もいかない男の子だ」

　目が見えずとも、そっと手をかざせばわかった。死や霊魂、妖の類に敏感な祈り手という仕事柄、魂が離れていったばかりの肉体の様子がありありとわかってしまうのだ。

　麻袋をめくり、手を合わせる。

「羯帝羯帝波羅羯帝波羅僧羯帝菩提……安らかに、悟りたまえかし」

　ただの、般若心経の一節だ。しかし、次の瞬間。祓い手の夜次はもちろん、集まった人々らのうちの見える一部の人間の目には、はっきりとその光景が映し出された。

　麻袋の下、少年の遺体から、いくつかの光の粒が漏れ出て、天に昇っていく。光の粒に切り裂かれるように、靄がほんの少しだけ、筋状に晴れていった。

　それは水底で呼吸をする魚の吐く息が、ゆっくりと水面に上がっていくかのような光景だ。

瑠璃の器に入れた水の中、きらめく泡が昇っていくかのような瞬間だった。

美しかった。何度見ても、祈り手・永月の仕事には感服する。ただ一人の清浄な霊気のこもった言葉で、肉体にとどまっていた魂の破片があるべきところに還っていくその様子は、死人が出た陰鬱な早朝に一条の光が差すようだと夜次は思った。

ものの数秒の祈りの時間が、永遠のように感じられたとき。祈り手の僧侶は、相棒の祓い手にそっと声をかけた。

「きちんと、祈り届けましたよ。これで、この子が呪穢になって苦しむ可能性はなくなった。ああそれと、先ほど君が斬った呪穢も、今ので綺麗さっぱりお空の上に」

「ありがとう、先生」

「なに、これが私の仕事じゃあないですか。君は幽霊橋の一件以降、私に気を使いすぎるきらいがあるね。もう半年も前のことなんですよ」

「……」

少々やりづらそうに黙った夜次に、笠の下の目を細めて微笑みかけてから、永月は麻布を元に戻した。十六歳になる夜次は元服してからすでに一年経つが、永月にとっては彼は子供だったときと変わらないのだ。

それから永月は、ぐるりと周囲を見渡すように首を回した。

「うーん。このご遺体だけじゃあなんとも言えませんね。それに妙だ。驚くほど、ここには妖も霊も呪穢も、何もいない。夜次や、君は何か感じますか」

「さっぱり。不気味だ。人が死んだっていうのに、フラフラ引き寄せられてるのはいるだろうが、原因らしいのがいねえ。因穢がなんだかわからねえんだ」

呪穢は得てしてひとつの場所や物事、人などの「未練の近く」に居着くが、力が強いものになると、人目を避けて隠れることもある。

「……どうする、俺が見て回ろうか」

「ええ、そうですね。私は見えませんし、また君に面倒を……」

夜次と永月がヒソヒソと話し込んでいたそのとき、突然、まだ残っていた見物人達がバラバラと捌けていく。

それから、呪祓師の仕事をただ眺めるだけだった鶴太郎が、「あっ」と大声を出した。

「親分。亀彦親分だ！」

「っ……。声が脳に響く」

鶴の一声に、一瞬両耳を抑えた永月が顔を上げた。ついで、小走りに駆け寄ってくる大男の影がひとつ。夜次よりいくばくか背が低いが、体の分厚さはまだ十六の夜次とは比べ物にならない。寒い師走の朝だというのに、薄い着物に脛が出る股引を穿いた無精髭の四十路男は、十手を前にかざしてこう言った。

「おう、おう。あんまり永代橋を眺めてっと、おめさんらも落ちちまうかもしれんぞ。ほら、散った散った。俺も仕事するから、みんなも自分の仕事に戻れ。風邪ひかんようにな！」

太い声に険は無く、ともすれば陽気にも聞こえたが、このあたりで亀彦に逆らうものはいない。わざわざ凄まなくとも、大声を張り上げなくとも、人々は去っていった。

「隅田の大水の再建がようやく落ち着いたっていうのに。同心は朝から大変だねえ」

「亀さんも、風邪ひかんようにね」

ねぎらいの声をかける者までいた。亀彦は、この町の連中から随分と慕われているのだ。

「親分、ええと、さっき母親の方は詰所に運ばせて医者を呼ばせやした。それで、子供の方は」

急いで説明しようとする鶴太郎をなだめ、亀彦はあご髭を撫でながら遺体を覆う布をめくった。それからすっくと立ち上がり、部下の鶴太郎にごちんとげんこつを下ろした。

「あでっ」

「鶴！　おめさんな、俺に遠慮せず起こしてけ！　血相変えて駆け込んできたのが長屋のじじいでおどれえたぞ」

「すっ、すいやせん！」

「まあいい、それもおめさんの優しさだろうさ。事情は、大体は道すがら聞いてらァ。寺の連中は、っと……」

亀彦が後方の夜次に気づいて、ガバッとその肩に太い腕を回した。

「おお、夜次が来たのか。呪祓師の連中は早起きだな」

「来るのが遅い。同心のくせに寝坊か」

「はっはー、こりゃ手厳しいな。お前がまだこーんなだったとき、永月に引き合わせてやったのは俺だぞ」

「いつまでそのときの恩を売り続けるつもりだ。先生に厄介払いしただけだろ」

「うお、可愛くないやつめ。で、永月は」

「そこにいる。今、祈り届けてもらったばかりだ」

河原に降り、橋の柱を触っている永月を夜次は指差した。亀彦は大きく手を振る。永月も応え、ゆっくりとこちらに戻ってくるそぶりを見せた。

「ん、祈り届けたって言ったか？　てことは、永代橋の呪穢はおめさんが祓ったたっていうのか」

「いや、違う。先生が祈ったのは、今朝の仏さんに向かってだ」

「ああ、そっちか。……大事なことだな」

シン、と、凪(な)いだ空気が場を包む。

夜次が言った。

「永代橋に、人が取り殺されるのは」

次いで、歩いてきた永月も呟(つぶや)いた。

「これで、六度めですね」

橋が人を殺すことはない。橋には魂がないので、呪穢にはなり得ない。橋に信仰が集まり、付喪神が生まれ、その神が呪穢に落ちることはあり得るだろうが、この永代橋はどう見てもただの橋だ。

夜次も永月もわかってはいるが、しかし今回は、橋に殺されたとしか表現のしようがないのである。

なぜなら、因穢の痕跡がまるでないのだ。

人が死んで数刻しか経っていないのに、その場に何かしらの呪穢の気配どころか、その残りかすである残穢すらない。何度も何度も同じ場所で凶事が起きる場合、大抵はその場と因縁深き何者かが呪穢へと落ち、悪事を働いていることがほとんどだ。なのに。

腰に手を当て、亀彦が言った。

「もはや人間の仕業なんじゃあねえかと思ってな、何日かに渡って、一晩中岡っ引き連中を代わる代わる見張りにつけてみたんだが、そんときも人が隅田に落ちて死んだ。あれは旅籠屋の女将だったか……。連れの番頭の男は助かったってやつだな。でもやっぱり、見張り連中の言うことには、人間の仕業じゃあなかったらしい。とにかく、普通に橋を渡っていこうとした男女が気がついたらドボンドボンと、何かに操られたように、水めがけて真っ逆さまに落ちてったってえな」

亀彦は続ける。

「呪安寺も、これにゃ流石に手を焼くかい？　この間の、橋で兄が死んで弟だけ助かったあの事件のときだ。駆けつけてきた女の呪祓師も、呪穢の気配がないって言って首を傾げて帰ってったよ」

「バケモノ祓いに手が出せないってんじゃ、おいらたちは人が死んでくのをただ見守るだけしかできねえってのかよ」

亀彦の言葉を受け、鶴太郎が不満げに言った。「チッ」と舌打ちし、震える手で拳を握りこむのは夜次。亀彦は「一応見ておくか」と呟き、あたりを検分し始めた。遺体もいつまでも転がしておくわけにいかない。鶴太郎に指示し、場所を移すよう人を集めさせた。

ただ一人、永月は顔色ひとつ変えず、眉間に指を置いて集中する。

そのときだ。ハッと見えない両目を見開いて、永月が駆け出した。

それから、いつの間にやら完全に夜が明け人の行き来の増えた永代橋の半ばまで、走っていってしまった。夜次もあとを追った。

「先生、突然どうしっ……」

「あなたは。生者じゃあ、ありませんね？」

永月は、一人の男の腕を摑んでそう言った。遺体が置かれている方とは反対側の川の流れを眺めていた男だ。

「なっ……先生、何を言ってる。どう見てもただの男だろう」

しかし夜次の声を遮り、男は口を開いた。

「俺に話しかけるお人がいるとは驚きだ。ん、笠のお坊さん。その体はどうしたのです。盲目なのですか」

「……あなたと同様、人には人の事情があるんです」

「それは、失礼を致した」

川の方を向いたままの男は、ちらりと永月を一瞥し、また川の方に目線を落とした。頭に藍染の手ぬぐい。着物は地味なねずみ色。中肉中背で、声や一瞬見えたその顔からすると、年のころは二十代の半ばといったところだろう。特に目立つところのない、どこにでもいそうな男に見えた。

しかし、夜次は息を飲んだ。男が永月の問いに答えたとき、ようやくわかったのだ。

「あんた……。先生がはっきりとわかるっていうことは」

「ええ。生きている人間よりこっちの方が感知しやすい。てことは、霊、ですよね」

夜次と永月の言葉に、男はひらりと手を振って答えた。

「ま、生きている人間ではないですが」

この男は地に足のついた魂を持っている。そうとう浮世への未練が強いのだろうか。ただ確実に、呪穢ではない。無害そのものの魂の色だ。呪いも穢れも抱かないまま、これほどまでに強く浮世にとどまることのできる霊はそういない。特に「目がいい」永月が先ほどまで見逃していたのだから、たとえ他の呪祓師がここを通りかかったとしても、ただの人間だと思ってしまうだろう。

「おおーい。川に向かって何話してるんだー」

いっこうに戻ってくる気配のない二人を追いかけ、亀彦たちが橋を登ってくるのが見える。遺体を使いの子分らに回収させ、現場の検分もひと段落したようだった。

「ま、安心してください。あなたがた、呪穢を祓うお仕事の方々でしょう。俺は、呪っても穢れてもいません。無論、永代の人死にの因縁でもない。ほら、あなたがたならわかるでしょう」

両手を開いて顔の横に置き、ひらひらと振ってみせる男。亀彦が追いつき、問うた。

「ん、そこに何かいるのか」

「……ふざけた霊が一人」

「ええ、軽薄な霊です」

「おやあ、酷い(ひど)お二人さんだ。刀をお持ちってことは、背の高い色男が祓い手で、こっちの白い髪の方が祈り手ですか。ふむ、その髪の毛にずいぶん溜め込んでいるようだ。色が白く抜け落ちるほどに」

永月の白髪に伸ばされかけた男の手を、ぺしりと夜次が払い落とす。

「美味(おい)しそうでしょう、欲しいですか？」

欄干(らんかん)にもたれかかった永月は、笠を上げ、煽(あお)るようにそう言った。

「ええ、とても。霊力っていうのかな、あんたの髪を食ったら、一層、この魂が浮世で安定しそうだ。おや、その両目もですか。色が抜けて、べっこう飴(あめ)のようだなあ」

口元の笑みを崩さないまま、永月はスッとつり目を開き、右手で指差した。

「こっちは本当にやむを得ないとき用です。たとえ見えない目であっても、くり抜くとなるとひと苦労ですから」

「……ああ、なるほど。聞いたことがある。呪祓師の中には、体のどこかに霊気だか生気だかを溜めて、それを与えるのと引き換えに、霊やら妖やらと取り引きする者がある、と」

「便利なんですよ、これ。お答えくだすったら一房差し上げるのもやぶさかではない。はてさて、あなたは一体、どんな未練がうつつに……この橋に、ありますのやら」

さらりと探りを入れた永月だが、その言葉に答えはなかった。にや、と笑ってみせるこの男は、案外食わせ物かもしれない。

「……俺は、ただの亡霊ですよ。去年の深川八幡祭りから、ずっとここに留まってるってだけの、ね」

男はもう話す気はないらしく、クイッと頭の手ぬぐいを少し下げて、再び川の流れに目を落とした。交渉失敗だ、と、永月は肩をすくめた。

・

呪安寺には、家鳴りの小鬼も座敷わらしもぬりかべも、そして霊もいるが、皆ただ在るのみの無害なもので、長閑(のどか)である。

永代橋のたもとで年端もいかない男の子の水死体が上がったその日の午後、石塀を眺めながら縁側で話す若人が二人。

材木で財を成した豪商佐伯家の末娘、お涼(りょう)は、呪祓師の後輩にあたる夜次の言葉に耳を疑った。

「永代橋の落橋ぅ？　なに、夜次あんたまさか、また厄介そうなのに首突っ込んでるってわけ」

「仕方ねえだろう、いい加減俺たちの誰かが解決しないと、永代橋で人が死に続ける」

「ふうん。あたしなら、そんな七面倒臭そうな事件に関わるなんてことしたかないね。どうせ今度のも、永月のせいなんでしょ。まったくもう、祓い手使いが荒いったら」

「たしかに、俺が祓い手やってんのは先生のためだ。でも、あの人をそんな風に言うな」

「いくら養父みたいな存在だからって、なんでもかんでもいうこと聞くことはないって言ってるのよ。あんた、幽霊橋の一件でひどい目にあったのもう忘れたの？」

「ひどい目にあったのは俺じゃない。先生の方だ」

「それでもよ」

「なんにせよ、お涼には関係ねえだろう」

「ま、そうだけどさあ。夜次のことは、気になるっていうか……、そのー。おっ、弟分、みたいな……」

モゴモゴ言う彼女の言を無視し、夜次は寺の庭を見た。

ここ、呪安寺は、深川の町のほぼ真ん中に位置している。ちょうど、佐伯家の貯木場と松山藩蔵屋敷との間にある寺院群の一角あたりだ。

寺と名前はついているが、形だけだ。実際は詰所のようなもので、墓地も持たない。なので敷地は少々狭く、僧侶の格好をした祈り手らと鴉色の羽織に刀を佩いた物々しい祓い手連中らがうろついており、普通の寺だと勘違いした者がいれば、異様な光景に見えるだろう。

「永代橋ねぇ……。あたしと火炎尼で嫌々行ったときは、ぜえんぜん手がかりなんかなかったよ。ほらちょっと前、兄弟が橋から落ちたやつ。呪穢どころか、霊も妖もいやしなかった。そりゃまあ、橋が落ちたすぐ後に、呪祓師総出で危なそうな霊とか妖とか全部一掃したけどさぁ」

夜次より一歳年上の彼女。長い黒髪が綺麗な、祓い手では紅一点のお涼が夜次に饅頭(まんじゅう)を手渡した。三個目だ。

「いや、手がかりはあった。今朝、先生が霊を見つけたんだ」

「あの辺りにまだ霊がっ？　はー、やっぱりすごいわあ、あの胡散臭(うさんくさ)坊主。それでそれで、そいつが呪穢だったたってわけ？」

「いや、なんというか、軽薄なやつで……。八幡様のお祭りの日から、ずっと橋にいるだけだと言っていた」

まむ、と大きな口で饅頭を頬張る夜次。甘味好きを公言した覚えはないのだが、いつの間にやら仲間には知れ渡っている。

「去年の八幡様、かぁ……」

それは、痛ましい事故だった。

富岡八幡宮の祭りは江戸三大祭りに数えられ、深川の町どころか江戸中にその賑(にぎ)わいが知れ渡るほど。それは見事な神輿(みこし)とその担ぎ手に水をかける習わしで有名だ。町人らにとってはかきいれ時でもあり、同時に羽目を外して飲んで食う絶好の機会でもある。

よって、町には人が溢れかえる。隅田川にかかる永代橋は、富岡八幡宮につながる最短距離の橋だったため、祭りの日はいつにも増して多くの人が通るのだ。

　しかし、よりにもよって祭りの日の午後、橋が通行止めになった。

　理由は、一橋徳川家のお姫様が、橋の下を船で通るからというものだった。

　これが中途半端な成り上がり者だったならば、人々からそれはそれは膨大な不満が出たことだろう。しかし、一橋家は名家中の名家。将軍家に連なる、江戸で最も高貴な血筋のひとつだ。

　しかも、船に乗っている一橋の鈴姫といえば、美しく教養高い才色兼備だというもっぱらの噂である。そんなお姫様の頭上をドタバタと通るわけにもいかないと、船が通るほんの短い時間の通行止めを、仕方がなかろうと皆が思っていたその日のこと。

　橋が落ちて、多くの人が死んだ。死傷者と不明者を合わせると、一千と数百余名。

　姫の乗る船が橋の下を通り、無事に海まで出たとき、通行止めは解除された。しかし、橋の両端にたまっていた膨大な人々が、我先にと一気に橋になだれ込んだがゆえに、いかに立派な永代橋といえど、その重さに耐えられなくなってしまったのである。

　運悪く、大雨続きの翌日だった。隅田川の水は濁り、水位も上がっており、同心や役人は八幡祭りの警備で多くが参道に集まってしまっていた。つまり、次々と落ちていく人々を助けられる手立てもなかったのである。

「……あのへらへらした男の霊は、橋から落ちて死んだ誰かだろう。くそ、普通に考えたら、あそこで死んだ奴が呪穢になっている線がいちばんありそうなのに。あの橋に留まっているのは、あの男の他にいなかった」

「えー、永月が隠してんじゃないの？　実は永月には他の霊や呪穢が見えてたけど、手に負えそうになかったから言ってませーんとかありそうじゃん。呪安寺の中じゃ永月がいちばんよく霊視できるんだし、あたしたち、騙(だま)されててもわかんないよ」

「先生が俺に気を使ったってことか？」

「おや、それはあり得ませんね」

「うわっ、永月」

「先生」

「なぜなら夜次は呪安寺イチの使い手なので、手に負えない呪穢など、そうそういませんから」

　夜次とお涼の眼前に、ずいっと顔を近づける男が一人。永月は、いつの間にか庭先に立っていた。気配を消すのが上手いのである。

「で、出たね胡散臭坊主。夜次がいくら強いからって、祓い手の中じゃあいちばん年若なんだよ。なにもまた大変そうなのに巻き込まなくったって」

「やめろ、お涼」

「だってだって、言ってやんなきゃ！　呪穢は人を殺した分だけ強くなる。六人も殺してるなんて、尋常じゃあない。そんなところに、いっちばん新人の夜次をよこすなんて極悪非道だよ。幽霊橋のときみたいに、また夜次が危険な目にあっても、今の永月には庇(かば)えないんっ」

「っ、やめろと言っているだろ」

夜次はお涼に飛びかかり、その口をふさいだ。勢いのまま彼女は板張りの縁側に押し倒され、ごん、と鈍い音がして、頭を打ったのがわかった。しかし、夜次はその口を塞（ふさ）ぐ手を緩めない。

「お涼、下手なことを言うなよ」

「夜次、仲間に何をしているのです」

「んっ……ぐ、う」

「次、先生にそんな口聞いてみろ。俺はお前も、俺のこともっ……」

「夜次。夜次、離しなさい。息が詰まってしまうだろう」

「許さない」

「夜次！」

永月の言葉に、夜次はようやく我にかえった。正気じゃなかった。夜次は慌てて手を離し、バツが悪そうにお涼の顔から目を逸（そ）らした。

そんな、獣のように肩で息をしている夜次を見上げ、起き上がったお涼はかすれ声で言った。

「夜次は家族がないから、その男に固執するんだ」

そして、石塀にひらりと飛び上がり、駆けて行ってしまった。彼女も一人前の祓い手。本気で走られては、追いつくのは容易ではない。

ほんの一瞬だけ、永月は表情を固くした。しかしすぐにいつもの柔和な笑みを取り戻し、夜次に軽口を叩いた。

「嫉妬しているんですよ、彼女は君が好きだから」

「どうでもいい」

「仲良さげに話していたじゃないですか、色男さん」

「いちばん歳が近いからだ」

「それに、いつも甘いものをくれるからかい」

「っ……面白がるんじゃねえ！」

「それは無理な相談です。私は、極悪非道の胡散臭坊主らしいので」

そう言って彼は、べ、と舌を出した。

軽口を叩き続ける永月を前に、夜次は冷静さを取り戻していく。

「……それに、お涼の言い分は間違っていませんよ。私は、自分の望みのために君を利用している。私のせいで、君を危険な目にばかりあわせていることは事実だよ」

庭の土を踏みしめながら静かに言ったその言葉は、永月の本音なのだろう。

「俺は強くなった！　先生がそんなこと気にする必要はっ……」

と、そのとき。二人の男が、夜次らに声をかけた。

「お、いたいた。……って、取り込み中？」

「けっ。喧嘩なんざ、子供のやることでぇ」

「おめさんら、仲がいいくせに言い争いばっかりだもんなあ。大体は永月が悪いんだろうが」

庭先で大声を張り上げる夜次を見つけ、声をかけてきた男が二人。亀彦だ。後ろには、いくつか帳簿を抱えた鶴太郎の姿もあった。

「いえいえ、全然。早かったですねえ、お二人とも。頼んでいたものは揃いました？」

「ずいぶん変わり身が早えな」

力が抜けてしまって、夜次がボソッと呟くと、永月に背中をポンと叩かれた。この話は終わりだ、という合図である。

「ふー。集めるのに苦労したが、なんとか持ってきたぜ。俺たちの詰所から事故事件の概要と、奉行所からは誰がどこに住んでいるかの記録。後は、簡単に被害者の情報をまとめてきたもんだ」

「さすがですねえ、早速拝見しましょうか」

永月と夜次は、軽薄そうな霊とのやりとりの後で、亀彦と鶴太郎に諸々の情報収集を頼んでいたのだ。小さくとも呪穢を斬った夜次には少々の休憩が必要だったし、祈りを捧げた永月も同様だったからだ。

「ふむ。ま、私は目が見えませんし。夜次に助けてもらうとしましょう。私が教えた文字は覚えていますか？」

「何年前の話だ、先生。からかってばかり」

「親子仲良くやってるのはいいが、進めるぞ。親子というより兄弟か。まあ、なんでもいいんだが」

四人で卓を囲んだ。亀彦が言い、夜次が資料に向き直る。

「亀彦、見るぞ。去年の八幡祭りから……一件めの人死には、女中か。武家屋敷の奉公人。二件めは男で、深川西町の豆腐屋のせがれ。それで次は薬屋の子供ときて、旅籠屋の女将。五件めは、ああ、あの兄弟か。お涼と火炎尼が行ったっていう」

「ふーん。それで今度の親子が六件めというわけですね。しかしてんでバラバラです。老若男女、職業もまちまちだ。ああ、たしか時間は皆深夜。夜明けとともに死体が見つかる、と。ま、呪穢は大概は陽光を嫌いますからね、それは別におかしなことではない」

生白い指で薄い唇に手を当て、考え込む永月。亀彦が続けた。

「呪穢っていうのは、私怨で何かやらかすんだろう。女に恨みがあるものは女を狙うし、武士が憎い奴は武士を殺す。共通点があるはずなんだがねぇ」

「あっおいら、わかった！　死んだのは人間ばっかりだから、人間を恨んでる呪穢でさァ」

鶴太郎のひらめきはむろん総すかんをくらった。しばらく夜次と亀彦は資料をめくり、やがて小さく夜次が呟いた。

「そうか」

皆顔を上げ、とある頁を見つめる夜次の声を待った。

「皆、二人連れだ。親子、恋人、友、兄弟、そして必ず一人は助かって、一人が死んでいる」

「へっ、そんなことがなんの手がかりになるってぇんでぇ！」

「ふん、たしかに皆深い関係の二人組で、一人が死んで一人が生きている。これは妙だな」

鶴太郎のバカにしたような声と、亀彦の感心した声が重なる。

「依然、呪穢の正体を突き止めるには範囲が広すぎますが……。そうですねえ、あとできることといえば、被害者らの人間関係を聞き込みにいくことでしょうか」

「あ、先生。それについては資料にある。亀彦の子分たちが聞き込んできてくれたのが、これだろう」

夜次は紐で上側が簡単に綴じられただけの紙束を手に取る。

「一件め。死んだ女中と一緒にいたのはその妹。たしかその日、妹が郷里から訪ねてきたと言っていたな。豆腐屋のせがれと一緒にいたのは、豆腐屋の親父。ここは親子だ。薬屋の子供は、仲が良かった別のガキを連れていた。旅籠屋の女将は不倫してた番頭と逢い引き中に橋から落ちて、兄弟は東長屋の職人の息子らだ。ここも、たいそう仲が良かった……と、記述がある。要約してこれだ、先生。見事な情報量だな」

「よく調べましたね。ここまでとは」

「へへっ。亀彦親分の頼まれごたア、ちゃーんと遂行するって決めてんだ」

鶴太郎が鼻の下を擦る。機嫌がコロコロと変わるのは、彼の短所でもあり長所でもあるのだ。

「さて……紙魚にでも手伝ってもらって、私も読みましょうかね」

紙魚とは、紙に棲みつく妖怪だ。魚のように紙の中を縦横無尽に動き回り、ときに文字列をいじったりなどの悪事を働く者もいるが、大概は親切である。棲処である紙を丁寧に扱ってくれる人間には、いろいろ手伝いもしてくれる。例えば、目の見えない永月の指先を墨に沿ってなぞらせ、文字を教えたりなどもしてくれるのだ。

しかし、永月が資料の山に手を伸ばそうとしたところで、夜次が声を掛ける。

「先生は休んでろ。ただでさえ、今の先生じゃ今朝のは重労働だったろう」

「とはいえ、君にばかり労働を強いていると思ってね」

「別にいい。……今の俺は、情報収集の大事さもわかっているから」

夜次の言葉に一同が口をつぐんだ。だが、当の夜次はその沈黙をあえて無視しながら、もう読むところがないというところまで、紙の隅から隅まで目をこらした。その間文字を読むことができない永月は、難しそうな顔で黙り込んでいた。

半刻ほど経ったころ。誰からともなく、「ふー」とため息が聞こえてきた。皆、考えることは同じのようだった。

「なあ、もうこうなったら……」

「夜次、ダメですよ」

「うん、うーん。俺も夜次と同じことを考えていた」

「ん、ん、みんな、なんか奇策でも思いついたんでぇ？」

鶴太郎だけがキョロキョロと面々の顔を見る。

永月の制止は予測していた。だが、夜次は続ける。

「もうこうなったら、俺が体を張るしかないんじゃないかと思うんだが」

シンと、一瞬だけまた沈黙が訪れた。寺に棲みつく家鳴り鬼も空気を読んだのか壁床を軋ませる音を抑えて通ったようだ。

「夜次、君、自分が何を言ってるのかわかりますか」

「わかってる。ただ橋の周りを夜中に散歩するだけだ。俺は前より強くなった。何かあってもすぐに対処できる」

「しかし、相手は六人も殺している呪穢です。いくら君でも」

「今更そんなことを言うな。なあ先生、昔はもっと、俺のことを無慈悲に使う気でいたんだろ」

「……君、いつからそんな口を聞くようになったのです」

「本当のことだ」

わざと永月の怒りを煽った夜次を、「まあまあ」と亀彦がなだめる。そして、亀彦は永月の方に向き直り、口を開いた。

「永月にゃ悪いがね。俺も、夜次の提案に賛成だ。これでもこの町の同心の端くれだ。これ以上、罪のねえ連中をみすみす死なせるわけにはいかねえ。それに、資料からはこれだけの手がかりしかない。わかってるのは、夜更けに二人連れが襲われてるってことだけだ。だから」

危険な仕事だ。そうわかっているから、亀彦は言葉を詰まらせた。

「だから、俺が囮になって深夜の永代橋を渡る」

夜次が代わりに続けたとき、正座をしていた永月は一層力を込め、ぐしゃりと着物の裾を握りしめた。

「簡単な話だろ、先生。それに、もうこれしかできることはない。俺をエサにしてどっかに身を潜めてるはずの呪穢をおびき寄せ、出てきたところを斬ればいい」

「失敗したら君が死ぬかもしれない」

「俺は死なない。だって先生との約束がある。それに、俺はいちばんの祓い手だ。先生がさっき、お涼にそう言ってくれただろうよ」

「……もう一人はどうするんです。因穢をおびきだすには、深い仲の二人連れで歩く必要があるんですよ。私はこんなだから、ついていっても意味はないですし」

「俺に、考えがある」

「考えって……」

「こっちの戦力も安全性も増す上に、確実な方法だ」

にや、と笑った夜次がロクでもないことを考えていることは、永月と亀彦、そして鶴太郎にまで伝わった。

「ハァ。色男さん、それはさすがに……」

呆(あき)れたような、諦めたような永月の言葉でもって、四人の作戦会議は終わりに向かう。

「そんな風に育てた覚えはないんですがねえ」

「うん、永月に似てきたな」

亀彦は、小さく苦笑いを浮かべた。

•

「お涼。右、柳の影に一人」

「はいよっ！」

丑の刻。寝静まった深川のある通り沿いで、闇夜に躍る二つの影があった。

　動きやすいよう着物の裾をたくし上げた小柄な女性。お涼が、月光を受けて濡れたように光る鴉の羽織を翻し、細身に鍛えあげられた刀を大きく振り抜いた。

「ギ、ア、ぁ……。痛い、痛い、十兵衛様」

　柳の長い枝が数本、パラパラと落ちる。そして、真っ二つになった黒い影が呻きながら地に落ちた。だんだんと焦げ目のような黒が剥がれゆき、中から若い女の姿が現れた。即座に、路地に身を潜めていた尼僧が駆け寄って、切り捨てられたモノの側に跪く。

「羯帝羯帝波羅羯帝波羅僧羯帝菩提。もう痛くありません……。安らかに、悟りたまえかし」

「ねえ火炎、また女の呪穢だよ。しかも美女だ。ああもう、今宵であたしら三体も祓ってる。体力が持たないよ」

「そうねえ、お涼。今度の依頼人、反物屋の十兵衛は、随分な遊び人だったようね」

　答えたのは、燃えるように赤い唇を持った美しい尼僧。剃髪し、白い布で顔まわりを隠しているが、そのせいで、むしろ骨格の綺麗なつくりが際立っている。

　そんな相棒・火炎の言葉に、お涼は思い人の顔を浮かべた。昼間はひどい目にあった。なにも、あんなに強く押さえつけることもないだろうに。

「男なんて、ロクなもんじゃな、いっ!?」

　祓い手のお涼と祈り手の火炎尼の隙を突くように、背後に飛びかかる女の呪穢がひとつ。今夜働き通しで、いささか疲れのみえていた二人は、気づくのが一瞬遅れてしまった。

とっさに火炎をかばい、地面に片膝をついたまま眼前に刀を盾のようにかざしたお涼だったが、いつまでたっても痛みも衝撃も襲ってこないことに気がついた。

「ん……。な、なんで」

音もなく、呪穢が地に伏した。その背には、真っ黒い刀傷があった。

そして、見上げた先には男が一人。月光を背負った、仲間の姿があったのだ。

「ふん。誰がロクでもないって?」

「夜次!」

火炎は、驚いたように声をあげた。

「どうしたのよ、夜次は今朝も働いてたでしょう。それに、永月は……」

「先生は寺にいる。俺は仕事しにきたんじゃない。お涼……」

「んな、何さ!」

「お前に、個人的な用がある。謝りにきたんだ、昼間のこと」

しおらしい表情をつくってみせた夜次。面白い気配を察した火炎はニヤニヤと笑い、袖で口を隠した。動揺しているのはお涼だ。口をパクパクさせながら、その顔はゆでダコのように染まっていった。

「悪かった。せっかく俺のことを心配してくれたっていうのに。だから、仕事のひとつでも手伝って、お前の力になりたいと思ったんだが……」

しゅんとした様子の夜次が、何か良からぬ企みをしていることを、火炎はとっくにわかっていた。なにせ、あの永月に育てられた男である。

しかし、お涼はそれどころではなかった。初めて見る夜次の表情は、いつものキリリとしたものと違っていて、それは魅力的に見えたのだ。

「迷惑、だったか」

だめ押しとばかりに、捨てられた犬のような顔でまっすぐにお涼の目を見つめる夜次に、お涼はブンブンと首を振った。

「め、め、迷惑なんてとんでもないよ！　それに昼間のことは、あたしも言いすぎたと思ってる。だから、夜次に謝らなきゃって……埋め合わせをしようと思って、何か甘いものでも買おうと思っていたんだよ」

「そんな、埋め合わせなんていらないさ。ああでも、お前は優しい女だからな。ひとつ、頼まれて欲しいことがある」

そこまで聞いて、三文芝居の黒子に徹していようと思っていた火炎は嫌な予感に襲われた。しかし、止めに入ろうとした矢先に、お涼は元気よく言い放ってしまった。

「うん、うん。なんでもする。このお涼先輩に言ってみなさい！」

「永代橋で、俺と逢い引きしてほしい」

「は」

「二人きりで、な」

しれっと言った夜次の顔には、もう芝居っ気はない。いつもの無表情に戻った彼に、慌てた火炎尼が摑みかかる。

「ちょ、ちょいと夜次。うちのお涼を永代の呪穢のエサにしようっていうのかしら。あなたが危険な仕事をするのは勝手ですけどね、お涼を巻き込まないでもらえるかい」

「火炎も聞いていただろう。そこの女、了承したぞ」

「騙したも同然でしょう！　ああもう、今夜の依頼人と同じですよ、夜次。親の顔が見てみたいわ」

夜次の口車にまんまと乗せられたと気づいたお涼は、ワナワナと肩を震わせている。それを察した夜次が畳み掛ける。

「なんだ、お涼先輩、まさか永代の呪穢に恐れをなしてるってわけじゃあないよな？　しかも一人で行くわけじゃない。祓い手二人で向かうのも怖いーってんなら、俺の見込み違いだが……」

「……くわよ」

「ん、聞こえないな」

「行くわよ。行きゃいいんでしょ！」

「決まりだな」

ニッコリと、わざとらしく満面の笑みを浮かべた夜次。惚れた弱み、祓い手としての矜持、勢いあまって取られた言質。もはやお涼が引き下がる余地は完全になくなっていた。

「ま、今夜のお前たちの仕事は、最後まできっちりと手伝っていくさ」

そう言った夜次は、サッと刀を抜き、ジリジリと距離を詰めてきていた呪穢に向かって投げつけた。一撃で脳天を貫いた刀は、そのままサクッと地面に突き刺さった。また女の呪穢だ。

「腕だけは本当良いんだから憎いのよ……」

火炎はそう呟き、祈り届けるために、伏した呪穢の元に向かっていった。さっさと帰って、永月に文句のひとつでも言ってやらないと気が済まない。幼いころの夜次は、それは可愛らしい純粋な子供だったのに、とんだ男になってしまったと思ったのである。

・

「おお、終わったか。いやー助かった。まさか本当に俺に呪穢が憑いてたたぁ、驚きだ。それに、こんな美人二人でチャチャっと祓ってくれるとは、呪安寺はすごいねえ」

夜寒のつとめを終え、火の焚かれた暖かい屋敷の中に招かれた一行は、今回の依頼人、反物屋「いろ屋」の若旦那・十兵衛に首尾を報告した。十兵衛の歳は二十代半ばほど。大きなタレ目と珍しい栗色の髪が華やかで、派手な柄モノの着物を着込んでいた。

「失礼ですが、十兵衛さん。あなた、仕事で地方を回ってらっしゃったんですよね？　祓った五人の呪穢は皆女、そして各地の訛りがありましたわ。最後には、皆あなたの名前を口にして昇っていった。仕事以外に、出張先で何をなさってきたのです」

穏やかではあるが、責めるような火炎の声に十兵衛は悪びれもせずに言った。

「いや、はは。店を継ぐ前に、いろんな反物屋の商売を見て回ったほうがいいってんで、親父が口を利いてくれた店に世話になってたんだ。修行みたいなもんさ。それで、この半年ほど全国を回っていてな。旅を続けていれば出会いもある。別れもある。それだけのことさ」

いろ屋は五代続く反物屋だ。元は深川にだけ店を構えていた。が、今や城の近く、隅田の向こう側にも二軒ほど店がある。全国から珍しい染物や布地を集め、適正な値で売ってくれるいい店だと評判なのだ。初代店主が布の蒐集家で、好きが高じて、風変わりな品物まで集め始めたことが結果的に功を奏したらしい。

そのため、定期的に布を納めに行く得意先の金持ちの屋敷もいくつもあった。江戸城から仕事が降りてくることすらあったのだ。

十兵衛は金持ちで、顔も良い方である。その上、女を引っ掛けるのが上手いのだろう。そういった駆け引きを楽しんでいそうなところが、同じ男前でも、夜次よりよっぽどタチが悪いといえた。

「それでは、いま金を取ってくる。そこであったまってってくれ」

そう言って部屋を出た十兵衛の足音が遠のいたころ、残された三人はボソボソと言葉を交わし出した。

「ったく、なんなのあの男。女たちはみんな自分のせいで呪穢にまでなったっていうのに。もっと言いようってもんが」

「お涼、落ち着け。俺だってあんな男は大嫌いだ。ただでさえ人手が足りないってのに、あんなくだらない男の色ごとのせいで仕事を増やされるのはたまったもんじゃねぇ」

「私も同感です。ま、いろ屋から依頼が来ることはもう当分なくなるとは思うけどね」

火炎はそう言い、出されていた湯飲みに手を伸ばした。

そのときだった。すっと襖が開き、女中が入ってきた。深い時間だというのに働かせられる使用人がいるのは、いろ屋が儲かっている証拠だ。

「失礼いたします。お茶をお持ちしました」

「あ、悪いね。ねえあんた、あんなロクでもない若旦那にお仕えしてて、なんか鬱憤溜まってない？　口説かれたり、無茶言われたり……」

お涼の言葉に、女中は慌てて言った。

「い、いえいえ、十兵衛様がこんな年増にご興味を持たれるなんて、ありえませんわ。それに、お店の切り盛りは大旦那様譲りでしっかりしていらっしゃいますし」

ふーん、と、白けた様子でなんとなく女中の言葉を聞いていた面々の前で、彼女は急須から新しいお茶を注いでくれた。

しかし続けられた女中の言葉に、夜次の表情が固まった。

「十兵衛様のおかげで、新しく太いお客様もついたんですよ。なんと、一橋家にも布を納めることになったのです。なんでも、京の宮家に嫁いでいかれた鈴姫様が、十兵衛様の差し上げた布を大層気に入ったとかで」

一橋。その言葉に、夜次は目を見開いた。

「聞かせろ」

「え」

「詳しく聞かせろ。一橋の鈴姫とは、あの八幡祭りで川を下り、橋を通行止めにしたお姫さんのことか」

「ちょっと夜次！」

身を乗り出し、今にも女中に摑み掛からんばかりの夜次の腰にお涼はしがみつき、慌てて制止した。

しかし、興奮した様子の夜次の言葉は止まらない。ぶつぶつと呟いて、疲れで鈍くなっていたはずの夜次の脳みそが勢いよく回り出した。

「そうだ、まだ調べられることがあった。今度の被害者のことは調べ尽くしたが、橋が人を殺すようになったのはあの八幡の落橋からだ。なら、橋が落ちたときのことをもっと調べるべきだった。まさか十兵衛は鈴姫に何かしでかしたのか。いやしかし、十兵衛は生きているし、鈴姫が亡くなったなんて話も届いていない。生身の人間が呪穢になることはない……。ならば、何が原因だ。まだ役者は揃ってないというのか……」

ふと、夜次の脳裏に、明け方の男の霊が浮かんだ。

ねずみ色の着物の男は、薄い手ぬぐいを頭に巻きつけ、そしてぼんやりと川を見ていた。

わかりそうで、わからない。点は浮かび上がっているはずなのに、線でつなぐことができない。もどかしかった。

そこで、たん、と襖が開く。

「んなっ、何をしている」

「十兵衛様っ」

金の入った袋を手に戻ってきた十兵衛が見たのは、薄暗い座敷で怯えた顔をした女中に、覆いかぶさるように詰め寄る大男の姿。その夜次にしがみつき、慌てた顔をしているお涼と火炎の二人。

「これはいったいどういう始末だい？」

立ち尽くし、困ったように首を傾げた十兵衛に、すっくと起き上がった夜次は相対して言った。

「いろ屋の若旦那。今度は、俺からあんたに依頼だ。……聞かせて欲しい話がある」

・

京。誇り高く美しい旧い都は、同時に、余所者に対しては陰鬱で意地悪いのだと、いざ来てみるまで、東国の姫は知りもしなかった。

「鈴姫様は、今日も寝込んではるのかい」

「ええ、そのようで。はあ、お話が違うやないですか。明るく、賢く、教養高い一橋のおひいさんがお越しにならはるって聞いていたのに、やってきたのは塞ぎ込んでばかりのお人形さんやないの」

「これこれ、聞こえますよ。まあうちらも、綺麗なばかりのお人形さんのお世話をするためにお屋敷に勤めてるわけじゃあないんやけどねえ」

日が落ちて、数刻経ったころ。わざとらしく、襖の前で噂話をする使用人らの声がする。絢爛な鈴蘭柄があしらわれた襖の先には、天皇家に連なるこの宮家に嫁いできた娘、一橋の鈴の寝床があった。

「……わたくしだって、来たくて来たんじゃないわ」

生まれたときから、全てが手に入る立場にあったと自覚している。平和な時代に一橋徳川家に生まれたうえ、器量にも恵まれ、嫁ぎ先も一流の京の屋敷。会ったこともなかった旦那さまは、二つほど年上。優しく穏やかな人だと聞かされていた通りだ。

　しかし、鈴姫の花のかんばせには、痛ましい涙の跡があった。

「……ごめんなさい。あなた様からいただいた藍染の手ぬぐいも、落として来てしまったわ」

　忘れもしないあの日。去年の江戸深川の八幡祭りの日、鈴姫は追って来た使用人に捕まり、駕籠ではなく、あろうことか船に詰め込まれた。その際、最後に力を振り絞って甲板まで出て、数多の人が溜まっていた橋のたもとに目をやった。

　そこに、たしかにいたのだ。あの手ぬぐいをくれた思い人が、船を見下ろして立っていた。しかしすぐに、侍女に見つかってしまった。「危ないですよ！」と叫んだ侍女らに、船室に引きずり戻されたとき、手からポロリと、大切な宝物を落としてしまったのだ。

　毎日毎日、会えない日も、唯一もらった手ぬぐいを握りしめて、愛でたものだった。あの男の顔を思い浮かべ、初めての感情を布一枚に語りかけたこともあった。

「この涙を拭うものも、今や、わたくしは持ち合わせていないのですね……」

　本当なら、あの永代の祭りの日、鈴は自由の身になるはずだった。必ず鈴姫を連れ出し、どこか遠くで二人で暮らそうと言ってくれた男がいたのだ。

その男は、ある辻で待ち合わせをしていたのに、待てど暮らせど来なかった。代わりにやって来たのは、息せき切った一橋家の男衆(おとこしゅう)だったのだ。

『見つけましたぞ、鈴姫様。今度こそ、お逃しはせぬ！』

その言葉に、目の前が真っ暗になったのを覚えている。

「ああ、ああ……。私は、あなた様との約束も破ってしまった、悪い女だわ。ごめんなさい、ごめんなさい、ああ……」

溢れ出る涙をどうにかしようとし、鈴姫は手をうろつかせた。そしてあるものに当たり、バサバサとそれは崩れ落ちた。

「あ……。ああ、こんなもの」

本だ。江戸では手に入りづらい、源氏物語の写本。嫁いできてからというもの、ずっと塞ぎ込んでばかりの鈴姫を思って、旦那さまが贈ってくれたものだった。若い娘に、源氏物語を嫌うものはいないと思ってのことだったのだろう。

しかし、それらの物語は、鈴姫には何の慰(なぐさ)めにもならなかった。それどころか、本当に思った男と結ばれない自らの境遇へ絶望がいや増すばかりだった。

「絹の衣も象牙の櫛も、紅玉の簪も。何もかも、要りません。ああ、源氏の恋物語など、二度と読むものですかっ……」

ばさっと一冊の本を投げつけ、鈴姫はしゃくり上げる。

「にくい……。にくい、憎い、憎い……」

好いた誰かと一緒になれる庶民の娘が。この自分が、一橋の姫である自分が絶対に手に入れられない幸福を味わっている全ての人間が、憎い。

美しい髪を両手でかき乱し、カッと彼女は目を見開く。

「どうして、どうしてわたくしのこの気持ちを、誰もわかってくれないの！」

半狂乱ともいえるほど取り乱していた彼女の意識が、ふっと消えた。

時刻は、子（ね）の刻を回っていた。

・

「火炎、本当にいいのでしょうか……」

「あなたにそんなことを言う権利はありませんよ、夜次をあんな男に育ててしまって」

「お涼はどうして断らなかったんです」

「引くに引けない状況だったのよ。それにおかしら……竜頑坊（りゅうがんぼう）様も、永代の落橋に関しては、この作戦でやむなしとおっしゃった」

子の刻を回った、隅田川のほとり。少し遠い永代橋を見上げるようにして、同期二人の僧がヒソヒソと話していた。

結局、いろ屋の依頼をこなしたのち、二日ほど十分な休息を取って、永月・夜次の二人組と、火炎・お涼の二人組は、協力して永代橋の件を片付ける運びとなったのだった。

今度の因穢が狙うのは二人組。足手まといになるかもしれないので、非戦闘員である祈り手の二人はすぐに駆けつけられる川べりの茂みに身を潜めているのである。

　また、町人が寄り付かないよう、橋の周りには亀彦が子分の岡っ引きたちを配置してくれた。準備は万全といえた。

「そう言えば……」

　永月は、ぽつりと呟いた。

　あの、橋を眺めていた一人の男の霊。彼の姿があの日以降見えないことに、ふと思い至ったのであった——。

・

「もっとこっちへ寄れお涼、俺たちは恋人同士という役回りだぞ。ん、心臓がうるさいな。祓い手だろう、落ち着けよ」

「あんったねえ」

　お涼の胸中を知ってか知らずか、色気も何もない声で言う夜次は、お涼のことを仕事相手だとしかみていない。今更そんなわかりきったことを自覚させられたお涼だが、惚れた弱みとは恐ろしいものである。綺麗な満月の夜、誰もいない永代橋で思いを寄せる男と二人きり。それに、寒さをしのぐようにぴったりと体を寄せあっているのだ。

（こ、こ、こんな状況で落ち着けって、無理な相談……）

「うーん。今のところ何も感じねえな。ま、一夜めだし、そんな運よく呪穢にかち合うってこともないだろう。ん、何だあれ。おい、お涼」

くるくると周囲を見渡していた夜次が、ふと足下に視線をやったときだった。水が打ち寄せる岸辺。何かが石の下敷きとなり、半分ほど水に浸かってたゆたっていた。

「何見てんの夜次？」

「あそこ、月明かりで光ってる。魚の死骸か」

二人は目を凝らしたが、遠目にはあまりはっきりと見えなかった。

「うーん、何かあるね。よく見えないけど」

お涼は夜次と組んでいた腕を離し、トコトコと橋の中央から欄干に歩いていく。これ以上夜次の側にいては身が持たない。

しかし、お涼が欄干から下を覗き込むように首を出したそのとき。

「可哀想なお姫さま。……今日も、お前の時間がやってきたね」

男の声が、静かに響いた。

「え、わ、わわわわっ。は、橋の裏から人間がっ」

続いて、お涼の慌てた声。驚くのも無理はなかった。明らかに人間にしか見えない男が……。手ぬぐいを頭に巻きつけ、ねずみ色の着物を身につけた男が、ぬっと橋の裏から顔を出してきたのである。

（あ、あいつは）

とっさに夜次は駆け出した。

「あんた、何でこんなところにいるのさ。ここは危ないよ、あんたみたいなただの人間がいていい場所じゃない。知らないのかい、この永代橋で、もう六人死んでっ……」

「おい、お涼。そいつは人間じゃねえ！」

あまりにゆらぎのない、この浮世に安定して存在している男の魂。なまじ霊や妖を見る霊視の力がある呪祓師には、一見ただの人間にも見えてしまうその男。

「鈴。可哀想に、夜中しかこの町に帰ってこられない鈴姫。お前の時間だ。お前が、自由になれる時間だよ」

ひらりと橋の下から体を現し、ふわっと欄干の上に立ってみせた男は、頭にかぶっていた藍染の手ぬぐいを、取り払った。

「お前、その髪！」

夜次が叫ぶ。そこにあったのは、珍しく鮮やかな、栗色の髪。いろ屋の若旦那、十兵衛と全く同じ髪の色である。

「あんた、十兵衛？　いやでも顔が、まるでちがうか」

「お涼っ」

唐突なことの成り行きにあっけにとられたお涼は体の均衡を崩し、ぐらりと川に落ちていく、と思いきや、彼女は軽い身のこなしで欄干に手をつき、ひらりと体を回転させて再び橋に着地した。

「びっくりしたぁー。こいつ、人間じゃあなかったんだね。でも呪穢でもない。ねえ夜次、どうなってんの、こ、れ……」

「お涼、後ろだ！」

器用に欄干に立つ、栗色の髪をした男の霊。その背後に、何かいる。夜次とお涼は身震いした。強く、禍々しく、それでいて鋭利なほどに澄み切っているその存在。

「十兵衛……さま……」

冬の闇夜と全く同じ色の気をまとった、それは。

娘の姿をしたそれは、まごうことなき、呪穢だった。

「十兵衛様。十兵衛様を呼ぶ声がしたわ。娘、そこの娘。あなた、十兵衛様を知っているの？ねえあの人は、あの人はどこ。わたくし、あの人との約束を破ってしまったのよ。お江戸に引き返そうと思っても、わたくしは帰れない。帰れないの。だからせめて、この夢の中でもいい。この夢の中でも、十兵衛様に会いたいと……。あ、あ、ここ、ここは永代橋。わたくしが最後に、十兵衛様をお見かけした、永代橋っ……。今夜も、わたくしは夢を見ているのね……」

ふらふらと近寄る娘。その瞳は暗く濁り焦点が定まらない。

腰を低くして剣を抜いた二人の祓い手。十兵衛と同じ栗色の髪の男は、やはり十兵衛とは似ても似つかぬ地味な顔に柔らかな笑みを乗せ、三人の成り行きを見ていた。

「夢なもんか。ここは現実だ、あんた、何人も人を殺したのよ。あたしにはわかるわ、あんたの魂、もう元の形がわからないほどめちゃくちゃよ」

頭が痛くなるような強い瘴気に当てられて、ひるみそうになるお涼だったが、何とかそう言い返す。歩みの遅い呪穢はまだ刀の間合いに入ってこなかった。

「やはり、十兵衛を探しているのか」

夜次が小さく呟いた。

「それで、睦まじいどこぞの二人の仲を手あたり次第に引き裂き、生き残った方に別れの辛さを……己と同じ無念を与えてやるというところか。落ちたな、一橋の鈴姫様ともあろうお方が」

夜次の声は、ブツブツと何事かを呟いていた霊に、鈴姫の耳にはっきりと届いた。

「こんなに醜い、生き霊になられるとは」

因縁の正体は、結局、あの夜十兵衛から事情を聞いた夜次の予想した通りだった。

京都に嫁いで行った鈴姫。彼女は永代橋に強い未練を抱き、生きながらにして呪い穢れへと落ちていったのだ。

「っ……あなたに、あなたにわかるものですか。わたくしの気持ちが、あなたみたいな、好いた女とともに在れる男に」

「いいや、わからないね。俺は別にこいつに懸想なんかしちゃいない。それに俺には……っと、人の話は最後まで聞けって、そう教わらなかったか？」

娘の背中からぶわりと濁った黒い何かが吹き出る。呪い穢れが形を成し、吹き出しているのだ。橋を蹴り、人間離れした力で掴みかかる彼女を刃で受け止め、夜次は言う。

「俺に、家族はないんでね。失いようがないって話、だっ」

両手で刀を斜め下に振りおろすと、鈴姫はどたりと尻餅をついた。夜次の額に汗が浮かぶ。

渾身の一刀だったが、背後の黒い穢れを掃っただけで鈴姫には傷ひとつついていない。

仕方がない。夜次は、立ち尽くしているはずのお涼に叫んだ。

「お涼、火炎と先生のところに走れ。呪安寺から二、三人、祓い手を呼んでもらうんだ。それからお前も俺に加勢……お涼？」

「や、じ、ごめん、あたし足が……うごか、な」

だらだらと汗を流しているお涼は、何が何だかわからないといった表情でそう言った。

今しがた穢れを掃い落とされた鈴姫は、狂ったように十兵衛の名を呼びながらうずくまっている。では何が、お涼の足を縛っているのだろうか。はっとして、夜次は欄干に目を向けた。お涼の両足に伸びる、銀の糸のようなもの。それをぐっと握り、手繰っているのは、あの手ぬぐいの男だった。

「おや、気づきましたか。俺はただの見物人、と言いたいところでしたが、今夜ばかりは分が悪い。鈴に加勢させてもらいますよ」

「あんた、何者だ。人間の男の霊じゃないな」

「人間だなんて、とんでもない。あんな、醜く卑しいものと一緒にしないでいただきたい」

にい、と男は笑う。中肉中背の、さして特徴のない男だと思っていた。しかしそれの正体は、巧妙に隠されていただけだった。誘蛾灯のごとく、男の体は夜闇にぼうっと光り出した。

「神ですよ。あなた方人間が言うところの、ね。俺は、この鈴に祈られ願われ、信仰されることで産み落とされた付喪神。さ、哀れな鈴。あの娘は、この男を思っているようだ。思い人を奪われたお前が、無念を晴らすためにやるべきこと、わかっているだろう？」

そうそそのかされて、鈴はまた立ち上がる。目にも留まらぬ速さで夜次に飛びかかり、両腕を振るってくる。それはもはや、人間の力ではない。

（速い、それに重い）

考えごとをしている隙はなかった。

（くそっ、早く片付けないと……先生と火炎がこっちに来ちまう）

息が切れる。刀で受ける鈴姫の打撃は力を増し、集中が切れた途端に一撃をくらいそうだ。

「お涼、糸だ。闇雲でもいい、足元に刀を振るえ。糸を切るんだ！　それでお前は、先生たちのところへ行け。先生たちをこっちに近づけるな、相手は神だぞ！」

「わ、わかった」

「おや、この娘もなかなか力が強い。刀に霊力を乗せるのが上手ですねえ」

どうやらお涼はうまく糸を切ったようだった。しかし、ほっとしたのもつかの間、夜次の耳に、今いちばん聞きたくなかった声が聞こえてきた。

「夜次！」

（せ、んせ）

遠くに聞こえる永月の声に気を取られて、鈴姫の伸びた爪を受け止めた刀身がぐらついた。

そして次の瞬間、彼女の一撃が夜次の腹に深く食い込んだ。

「ぐっ……あ、ぁ、ぁああ！」

しかし、その一撃が入ったことで呪穢に隙が生まれた。猛烈な痛み、そして内臓が焼けるような不快感の中で、夜次はその隙を見逃さなかった。夜次は鈴姫の首めがけて刀を振るう。手応えがある。今度は確実に、鈴姫を斬った。

その途端、鈴姫の感情、記憶、未練が走馬灯のように夜次の脳裏に流れ込んできた。人ならざるものを感じやすい祓い手の中で、ごく稀にこのような目にあう者が出る。呪穢に成り果てるに至った鈴姫の重い重い感情はあまりに切なくて、まだ恋を知らない夜次の身には痛すぎた。

確実に相手を仕留めた証拠ではあるが、この流れ込む他人の人生を受け止めるのは嫌いだ。辛くて、とても抱えきれない。

(あ、まずい)

嫌な浮遊感が夜次を襲った。呪穢の攻撃を受けるうち、橋の端に追いやられていたことに、夜次は今更気がついた。

「夜次、夜次。嘘だろう!」

永代橋に駆け寄ってきている永月の声がした。

「死ぬな、私を置いて逝くな! なにも君まで死ぬことはないっ」

走りながら叫ぶ永月。

橋の上では、落ちる夜次を追いかけようと、お涼が欄干に足をかける。そのお涼を、背後から火炎が羽交い締めにして止めている。

「……お涼、俺と違って、お前には家族がある。だから生きろ。俺はもう助から、な」

満月が、逆さになった視界いっぱいに映る。

『永遠の月と書いて、永月という名前です』

そんな、初めて出会ったときの、永月の言葉がふと蘇った。

ドボンッ、と、大きな水しぶきが上がる。

鈴姫の霊を抱えるようにして、橋から落ちていく夜次の瞳に最後に映った光る何か。それの正体に気づいた次の瞬間、夜次は意識を失った。腹と口からはおびただしい血が噴き出している。もう、限界だったのだ。

「おや、最後に俺を見つけてくれたのかい、色男の祓い手さん」

だから、その声も夜次の耳には届かなかった。

夜次に向かって、栗色の髪をした付喪神が囁いた言葉は、橋に残された面々の悲痛な叫び声にかき消され、ふっと夜空に消えていった。

・

「永遠の月と書いて、永月という名前です。ふふ、ロクでもない名前でしょう」

わざとらしくへらへらと笑い、長い白髪を背に散らした男は言った。

「だって、永遠に月が出てるっていうことは夜が明けないってことですよ。私は朝が好きなのになぁ」

微笑みを崩さないその男。しかし、薄いまぶたから覗く瞳はゾッとするほど冷たく、視線は、めさきの人間を値踏みするようだった。まるで、その男に付き従っているかのように、彼の背後には人ならざるものたちの影が蠢（うごめ）いている。

　白髪の男は、後ろ手に両手を縛られ、野犬のように鋭い視線をよこす少年と視線を合わせるために土間にしゃがみ込んだ。

「おいおい永月、いくらこいつが縛られてるからって、あんまり近寄るなよ。噛（か）みつかれるぞ」

「はは。こんな夜明け前に私を叩き起こし、コレを持ってきたのはあなたでしょう、亀。今更私を気遣うふりをされてもねえ」

「いやあ、それは申し開きのしようもないがね。でも、探してたんだろう。力が強そうで、使い勝手のいい人間を」

「ま、そうですが。たしかに、見えているようですね。霊視以外にも、力も感じる。才能があるかもしれない」

　生白い手をかざされて、少年はビクッと身をすくませた。

殴られると思ったのだ。生まれ故郷の村で、何度も何度も大人たちからされてきたように。

しかし、痛みの代わりに降ってきたのは、柔らかい声。そして、頭を撫（な）でる温もりだった。

「それで、君の名前はなんです？」

　少年は、驚いて目を見開いた。その大きな瞳には、じわじわと涙が満ちていく。どうして泣くのか、彼自身にもわからなかった。村から放り出されてこのかた、名前を聞かれたことなど、これが初めてのことだった。

・

（そうだ。名前なんかないと答えたら、先生は……夜の次には新しい朝が来るからと、俺に夜次と名付けてくれた）

狭い長屋の一室に差した朝日を、白髪を照らすその光を、後光のようだと思ったのを覚えている。

（ん……走馬灯か？　それとも夢か？　俺は死んだよな、って、い、い）

「痛ってえ……」

叫んだつもりが、口からこぼれたのは情けない掠（かす）れ声。

「や、夜次……」

すぐに、同じくらいにガサガサに掠れた声がした。夜次には一瞬、それが永月のものだと気がつかなかった。

「ぜ、ぜんせ、ゴホッ、先生、俺、死んじまった。すまん、約束も果たせないで、あんたを置いて……」

「縁起でもないことを言うんじゃありません。さては君、隅田の川に落ちた後のこと、何もかも覚えてませんね？」

むく、と体を起こして、気がついた。目が霞むが、ここは呪安寺の座敷。見慣れた光景である。目の前に、珍しくも髪がパサついている永月の姿があった。奥には火炎が涙ぐんで座っており、お涼は大声で「夜次が起きた」と叫びながら廊下を走っていった。きっと、仲間の呪祓師やかしらの竜頑坊に知らせに行ったのだろう。

「……ああ、そうか。喋れるってことは生きてるってことか。なあ俺、何で生きてるん、っ、いてえ！」

ベチン、と思い切り頬を張り飛ばされた。永月だ。肩を震わせて、彼は夜次を睨んでいた。

驚いて頬を押さえた夜次は、目を丸くして永月を見た。

「君……君。あれほど、あれほど気をつけなさいと言ったのに。幽霊橋のときからなんっにも学んでませんね」

「いだい、痛い許してくれ、いでででっ」

今度は耳を引っ張られた。助けを求めようと火炎の方を見たが、彼女は今回は永月の味方らしい。フイッと顔をそらされてしまった。

「私がいちばん怒っていることは、君が死を覚悟したことですが。二番めが何だか、君にわかりますか」

「に、二番め？　ええと、先生との約束を果たせなかったことか。必ず見つけ出すっていう、先生の大事な人を」

「違います。君は、最後にお涼に言ったそうですね」

すう、と永月は息を吸う。

そして、涙に震える声で、こう言った。

「『俺と違って、お前には家族がある』。それじゃあ、私は何です。私は……君の父で、兄で、唯一の家族じゃなかったんですかっ」

　永月が、あの飄々（ひょうひょう）としていつも余裕げな男が、はらはらと泣いている姿を見るのは初めてだった。

　見えないその瞳は色が抜け落ちてしまい、部屋に差し込む柔らかい光のような色をしている。そこに涙が膜を張り、まつ毛が支えきれなくなった分が、ひっきりなしに落ちていく。

(先生も泣くんだ)

　あっけにとられた。

　一拍置いて、胸が痛んだ。絞られるように痛んだのは、随分と久しぶりだ。夜次はもう、言い訳の言葉ひとつ持たなかった。ただただ、夜次の布団に泣き崩れる永月に、謝罪の言葉をかけるしかできない。

「悪かった。先生、二度とあんなことは言わない。先生のことを家族だと思っていいのか、わからなかったんだ。だって俺は、先生に何も返せていない」

「家族というのは損得の間柄ではありません。何の見返りもなく、ただただ幸せを願ってしまう存在が家族です、夜次」

(この言葉)

　聞き覚えがあった。

『夜次や、私たちをつないでいるのは損得の計算じゃないんです。家族なんだから』

　半年ほど前、少しの間だけ遠くに行ってから夜次のもとに帰ってきた永月に、そう教えられたことがあったのだ。

（ようやく、少しだけわかった）

夜次にとって、一気に大人にならざるを得ない半年間だった。その間に、少しずつ確実に理解が進んでいった永月との関係に、夜次は今ようやく答えを得た気がした。

「夜次ー、亀彦さんと鶴が来たよ。スケコマシの夜次やーい」

「お、お涼うるさい。お前は鶴か」

「おいらの悪口言ったな。夜次、死にかけたからって容赦はしねえぞ」

「こらこら、けが人の部屋で騒ぐもんじゃない。さ、寝起きのところ悪いがね。ぜーんぶ片付いたから、聞いてくれやい、夜次よ」

亀彦は畳の上にあぐらをかき、一同に向かって話し出した。ことの顚末は、終わってみればあっさりしたものだった。

・

一橋の鈴姫が、十六歳で京都の宮家に嫁ぐことは、生まれたときから決まっていたことだった。しかし、高貴な姫といえど一人の娘。一橋の武家屋敷に、見たこともない美しい布を納めに来た見目麗しい若い男に恋に落ちたって、何らおかしいことではない。

しかし、いろ屋の若旦那、十兵衛の口は、商談以外でもよく回った。まるで口に油が塗ってあるようだと、彼を知る者は言ったものだ。鈴姫はすっかり骨抜きになり、雨の日に二人で屋敷を抜け出した折にもらった、藍色に染められた手ぬぐいを後生大事に身につけるほどだったという。

それからというもの、聞き分けの良かった鈴姫は、密かに、全くの別人のようになってしまっていた。

そんなことが起きているとはつゆ知らず、江戸から出たことのない鈴姫のために、遠くに輿入れする不安を減らしてやろうと、家の者が彼女を京まで行楽に連れ出そうとしたことがあった。美しい古都の町並みを見た鈴姫が、少しでも寂しさを紛らわせられるようにと願ってのことだった。

しかし、駕籠に乗った鈴姫は山中で何度か脱走を試みたため、それは失敗に終わった。一橋家はようやく、鈴姫にどこぞの悪い虫がついたらしいと疑い始めたのだが、ついぞ十兵衛がその虫だとは気づけなかったという。

「けどまあ、十兵衛は馬鹿な男じゃあねえ。お嬢さんを引っ掛けるのは楽しかったろうが、深入りしたらろくな目にあわねえってわかってたんだな。それで、彼女が八幡祭りの日を最後に、今度は逃げられねえように船を使って江戸を離れて嫁いでいくことも、一橋屋敷の使用人から聞いたと」

「それで鈴姫を騙し、八幡祭りの日にどこぞの辻で待ち合わせしようと嘘をついて、一橋の使用人らには姫は屋敷を逃げ出して辻にいると吹き込んだ、と」

夜次の言葉に、亀彦が肯く。それから、今度は火炎が続けた。

「嫁ぎ先で強烈な未練と無念にかられた鈴姫ですが、あの橋のあたりに落し物をしたそうです。

それが、お涼と夜次が見たという付喪神の正体だわ」

「藍染の手ぬぐい……。やはりそうか、鈴姫はきっと、毎日毎日あの布切れに思いの丈を語ったのだろう。強く純粋な思いは、つまりは信仰だ。次第に手ぬぐいに魂が宿り、自らを神たらしめてくれた鈴姫を憐れむようになったと」

十兵衛を思いながら手ぬぐいにすがったから、付喪神は栗色の髪を持ったのだろう。

「やはり、俺が最後に見たのは手ぬぐいか。川岸の石の下敷きになっていたあれは、鈴姫が落としたものだったたってわけだな」

夜次の呟きに、お涼が肯きかえした。

「あの後、すぐに火炎が鈴姫の魂を祈り届けたよ。あるべきところ……生き霊だから、鈴姫の肉体のあるところだね、そこに還って行ったはず。それであの付喪神は、あろうことか夜次の体を川の中から救い出してくれたんだ」

『鈴は祓われた……というより、浄化された。いや、これで良かったのかもしれません。呪穢となって何人か殺せば彼女の気も済むかと思ったけれど、人間の心は俺には複雑すぎる……』

そう、ため息交じりに言った手ぬぐいの付喪神は、やはり人間の感性とは少々ずれていたようで、首を傾げていたという。しかし、呪い穢れていない神は呪祓師には祓えない。どうしたものかと、あの晩、ただ一人冷静だった火炎に、彼はこう言った。

『あの男の祓い手は、最後に、川岸に置き去りにされた俺を見つけてくれた。このまま死なせてしまうのもしのびないですから、ひとつ報(むく)いてあげよう』

こうして夜次は一命を取りとめたのであった。

「置き去りにされた、か。鈴姫が生き霊になって橋に戻ってくるのが嬉しくて、ずっとあそこにいたのだろう」

夜次が呟いた。もしも本当にあの神がそう思っていたのならば、どうしようもなく共感してしまう部分があると思ってツキンと胸が痛んだ。

「へっ、とんでもねえお姫さんだな。思いが募り募って、一人で神様をつくり出すたァね」

鶴太郎の言葉を最後に、一同は口を閉ざす。夜次は、十兵衛の屋敷で鈴姫との話を聞いた晩、呪穢の正体はよもや鈴姫の生き霊じゃないかと思いついたものの、じっと川面を眺めていた男の正体には思い至らなかったのだ。

「はー。話は終わりですか」

「ようやく泣き止んだわね。あなたもう三十二でしょう。見苦しい」

目を腫(は)らして、縋(すが)り付いていた布団からむくりと体を起こした永月に火炎は冷たく言い放った。この同期をからかう機会はそうないのだ。

「ん、なんだ、永月は泣いてたのか。ちっくしょう、面白いものを見逃したな」

「おいらにゃ想像もつかんよ、あんの意地悪坊主が泣くだなんて」

亀彦と鶴太郎が言う。

そんな二人を振り返り、永月は言った。

「ふん、私は見えませんからね」

「先生、大人気ない顔してる」

珍しく夜次がクスクスと笑い、一同は目を丸くした。半年前のあの出来事で抜け殻のようになっていた青年が、こんな風に柔く笑うようになるなどと、誰も想像していなかったのだ。

「ははっ。幽霊橋で永月が死んで、もう半年か。また夜次が笑ってくれて、何より嬉しいさ」

亀彦は言った。

しんと、静まり返る座敷。

皆、それに異論はない。静かに肯く面々の中で、口を開いた男が一人いる。

ただ一人。永月だけが、こう言った。

「ま、私は幽霊になっちゃったので。夜次には迷惑をかけっぱなしなのが、気がかりなところですがね」

「先生の目が見えなかろうが、先生が周りから見えなかろうが、俺や呪安寺の連中からは見えるんだ。亀彦と鶴はすっかり慣れっこで、先生の声が聞こえなくても俺の言葉で会話を察してくれる。なんら問題ないだろうよ」

夜次は静かにそう言った。

彼が死んだ日。半年前の、幽霊橋での出来事は、いまだに思い出したくもない記憶だ。

死んだ人間は、何があっても蘇らない。

昇った魂は次の巡りに加わり、異なる存在として生まれてくる。

もしくは、ごくごく一部、未練に絡め取られ天に昇れなかった者は、霊魂となって地上に降りてくる。

「永月は三十そこそこのまま年を取らないんだろう？　いっそ俺は羨ましいね」

「あの男、童顔でも老け顔でもありますから、年はもとよりそんなに関係ないんじゃないかしら」

「死んでなお未練たらしくこの世にいるなんて。ふん。あたしは気に入らない。いつまでも夜次のまわりをうろちょろと」

「まあまあ、お涼さん。可愛い夜次をあなたのところにお嫁に出すまでは、私はこの世に留まってやりますよ。佐伯家なんて玉の輿だ、最高じゃないですか」

「誰が男ですってぇ？」

夜次は、賑やかさを取り戻した座敷の中央で皆を見た。

いつの間にか、自分のまわりにはこんなにも人間が増えていた。怪我をした夜次を心配して、布団の周りに集まってくれる人らがである。

全て、永月のおかげだ。

「さて、やり残したことがあるな」

最後にひとつ、仕事が残っていた。早く体を治して、くだんの神様がいた現場に向かわなくてはならない。

永代橋に、行かなくてはならないのである。

「ええと、この辺りに……。先生も手伝ってくれよ、汚れちゃいたが、たしかにあったんだ。鈴姫の手ぬぐいが」

　隅田川の岸に、鴉色の羽織を着た呪祓師の男が一人でブツブツと言いながら川漁り(かわあさ)なんかをしているものだから、道ゆく人々はいぶかしげな視線を向けながら通っていった。

「夜次や、滑って川に落ちないように」

「ねえよ。ガキじゃあるまいし」

「にしても、私が見えないせいで、君は変態扱いのようだ。大変だなあ」

「……」

　永月の軽口を無視し、夜次は水面に目をやった。やはり、川に映ったのは自分の陰気な顔ひとつ。たしかにここにいる永月は映らない。

「あ」

　思わず声が出た。あったのだ、探し物の手ぬぐいが。それは橋に引っかかり、かろうじて流されずにそこにあった。

「うん、汚れちゃいるが、洗えばどうにかなるな」

「お、祓い手の色男。回復してくれて何より何より」

　突然、聞き覚えのある声がして、夜次は辺りをキョロキョロと見渡した。しかし、あの栗色の髪をした付喪神は見当たらなかった。

「ここだ、ここ」

「は？　どこに……うわ、ちっちゃ！」

　夜次の足元には、ほんの四寸ほどの、あの神の姿があった。

「ははーん。鈴姫の呪い穢れた十兵衛への未練、つまり信仰が弱まったおかげで、あなたの力も随分と失われたようですね。哀れなことだ」

「お、幽霊坊主もいるな？　いや、やはり気になります。人には人の事情があるとはその通りだが、あなたが何を未練にこの世に留まってるのか、気になりすぎて夜しか寝られやせん」

「神のくせに、よく回る軽薄な口ですね」

「怒るなよ。あんたの大事な夜次を生き返らせてやったろう」

「おや、よほど祈り届けられたいと見える。ただの布切れに戻して差し上げましょうか」

「先生、落ち着け。相手は曲がりなりにも神様だ」

　二人の毒舌合戦にやや引きつつ、夜次が止めに入った。

「俺を助けてくれたことだし、この手ぬぐい様に祠でもつくってやろうかと思うんだが。どうだろう、先生」

「好きにすればよろしい」

　嫌そうに言う永月。しかし、意外にも反対したのは付喪神の方だった。

「いいやいや、いらんさ。手ぬぐいも、そこに捨て置いてくれていい。俺は、鈴につくられた。鈴に忘れられたときにこの世から消えるのは道理というもの。安心しろ、なんの未練もありゃせんよ。呪穢になるようなこともないからね」

へらへらと笑う小さな付喪神を両手に乗せ、夜次は言った。

「いいのか？　しかし、本当にすぐに消えてしまうかもしれないぞ。俺は彼女を斬ったし、火炎はきっちりと祈り届けたはずだから」

斬られた鈴姫の魂は疲弊しきっており、長くは持たない。信仰心も弱まっているだろう。

「いいんだ。これでいい。人間の心はああも不思議で、だから美しきもの。鈴のめまぐるしい感情の変化を……恋慕も、憎しみも、俺はそばで感じられた。ただの布だったころにはできなかったことだ。だからもう、これ以上は望まんよ。遠い地で俺のことなんか忘れてくれればそれでいいのさ」

そう言った神の顔はあまりに人間臭く、夜次は何も言えなくなってしまった。姫をそそのかし、人殺しの現場を眺めていた男と同じ存在だというのだから、神とは恐ろしいものである。今の彼の持つ感情は、もしや。そうとも思ったが、言うのは野暮だろう。

「ならば、もうお前に用はない。助かった、礼を言う」

それだけ言って、夜次はそっと付喪神と手ぬぐいを川辺に下ろした。そして、振り返らずに歩み出した。

「ふふ、呪われた橋に、小さいと言えど神様が住み着いた。めでたしめでたし、ですねえ」

後を追う永月が言った。

もうこの永代橋で、人が死ぬことはないだろう。

ようやく二人は、大きな仕事を終えたのだった。

幕間・一と二三と犬っころ

『お兄ちゃん、イチ兄ちゃん』

懐かしいその声に、永月はすぐに気がついた。これは夢。いつも見る明晰夢なので、永月はこのまま揺蕩ってみることにした。

『なんだい、フミ。お腹が減った？　それとも寒い？』

三つ下の妹にそう声をかけ、イチと呼ばれたやせっぽちの少年は……十歳だった永月は、彼女を守るようにその頬を両手で包む。夢は克明に、あの日の記憶通りに進んでいく。

『ううん、ううん……。ねえ、お母さん、今日も来ないのかな』

黒髪が、しっとりと涙に濡れていた。捨てられてなお母の名を呼ぶ彼女が哀れで、イチは目を伏せた。

運よく寝床を得られた今日は、できれば長く眠りたかった。しかし、泣いている妹を放っておくわけにもいかなかった。

『フミ、何度も言っているだろう。私たちは、捨てられたんだよ。娼妓の母さんにとって子供は邪魔者。売れっ子だからって特別に許されて、妓楼で育ててくれた。でも、もう限界だったんでしょう。だから私たち、あの夜、隅田の橋の下に置き去りにされたんですよ』

『お、お兄ちゃんは、お母さんは迎えに来るって思わないの……？』

『現に、来ていないだろう。ねえフミ、大丈夫です。母さんがいなくたって、お兄ちゃんが守ってあげる。お兄ちゃん、妖怪や幽霊が見えるんだ。あいつらをうまく使えば、フミのご飯や寝床くらいはどうにかなりますよ』

この日の寝床も、そんな妖の力を借りて手に入れたものだ。ここは宿屋の一室。もっとも狭い部屋だが、主人が数日貸してくれた。

イチは鉄火場に住み着いていた力のありそうな管狐を、霊気を溜めた髪の毛で懐柔し、賭け事が好きだった宿屋の主人が必ず勝つよう、運の流れを操ってもらったのだ。

そうやって、イチは日銭を稼ぐ手立てを毎日毎日一生懸命に考えていた。たった七歳の妹は、本当なら母に甘えたい盛り。『イチ兄ちゃん、行かないで』とすがりついてくる日もあった。そんな朝は奥歯を噛み締めて、切なさに引き裂かれそうになりながら外に出た。

しかし、得られる金はごくわずか。時には『気味が悪い』と嫌がられることもある。

そうして得たものを、イチはほとんどすべて妹のフミに使った。彼女に食料を買い、古着を買い、気づかれないように無理をした。

そのせいで、日に日にイチの目は霞んでいった。ひどい栄養失調は時として視力を奪う。イチは体の異変に気づいてはいたが、ただ、妹を守ることしか考えられなかったのだ。

しかし、運命は決して、イチに良いようには転がってはいかなかった。

母に捨てられて二ヶ月間。フミが泣かない夜はなかった。

そして、ついにフミは、眠っていたイチの元を離れて、駆け出してしまった。母の働く、深川の花街に向かって行ったのであった。

『フミ、フミ!?』

イチが、妹の不在に気がついたのは夜が明けてからのこと。旅籠屋の部屋を飛び出したイチの耳に、町人の噂声が流れてきた。

『洲崎の花街で火事だって。壊しても壊しても、それにいくら水をかけてもおさまらないってんで、呪穢の仕業かもしれないってよ』

『ああそれで、呪安寺のあたりがざわついていたのかい。恐ろしい。因穢ってやつは芸妓に恨みを持つやからかね』

まさか。いや、そんなはずはない。

イチの脳裏に、恐ろしい予感がよぎった。気がついたときには、棒切れのように細い足で、イチは花街の方に駆け出していた。

(フミ、フミ、フミ！　ああ、火の手が……)

轟々と音がする。火の勢いが強い。花街に近づくにつれ、人が減っていくのがわかる。

『おいボウズ、あぶねえぞ。火事だぞ！』

そう声をかけてくれる者もいた。しかし、足は止まらない。

そしてイチは、ついに見つけてしまう。

燃え盛る妓楼の豪奢な門の前、赤黒い血溜まりの中に倒れている少女の亡骸があった。彼女の着ているものは、間違いなくこの手で選んだ着物。力なくへたり込んだイチは火を見上げ、はっきりと見てしまった。

真っ赤な火の中央に、泣いている妹が……妹だった黒い何かが、踊るようにして、暴れ回っている姿を。

『そこの、子供。あれが見えるか。あの呪穢が』

背後から声をかけられた。しかし、その言葉はイチの耳の中を滑っていき、うまく理解できなかった。

『母に会わせろと叫んで暴れていたところを、妓楼の門番に切り捨てられたそうじゃ。哀れなものじゃのう、呪穢になど、なりたくなかったろうに』

話しかけてきたのは、僧侶の格好をした男だった。彼は歩いてフミの遺体に跪き、血で汚れるのも厭(いと)わず小さな体を抱き上げた。

『ひとまず、祓い手に任せよう。この子は、きちんと供養する。わしが祈り届けるよ。お主は、そうだな。……お主には才能がある。きっと、良い祈り手になるだろう』

黒い羽織を着た男たちが数名、果敢にも火に飛び込んでいくのが見えた。しかし、火に巻かれてどうにもならないのか、しばらくして火の外に出てくる。

『だからおいで、呪安寺に』

そんな様子をぼんやりと眺めていたイチに、男はそう言った。他に選択肢はなかった。

男は、いずれ呪安寺のかしらになる竜頑坊。彼はこの日拾ったイチに、永月と名前をつけた。

――いつものところで、嫌な夢から覚めかかる。

（結局、火は母がいた妓楼だけを燃やし尽くして消え、呪穢は……フミはどこかへ消えてしま

ったというから、竜頑様も大したお人じゃない）

　永月が、そんな不遜なことを思っていたとき。

「先生、寝てないのか」

　突然声をかけられ、永月はハッと意識を浮上させた。それから夜次がいるあたりを見上げ、こう言った。

「ふふ、私はナマグサ坊主なので、こんな夜は寝酒に頼りたくもなるものなのですよ」

「あんたザルなんだから、いくら飲んでも気持ちよくなれねえだろう……」

　よっこらしょ、と永月譲りのオヤジ臭い掛け声とともに、夜次は彼の横に腰掛けた。そして、手にした徳利から杯に酒を注ぎ、一口飲んだ。甘いものよりは好かないが、今は甘味を口にする気分ではなかった。

　夜次の背が急に伸びはじめたころ、永月は一人で住んでいた長屋から、この小さな一軒屋に越した。深川の三間町にある、二人で暮らすには十分な平屋建てだ。庭の、ちょっと見ないほどに大きく見事だった梔子の木が気に入ったのである。

　夜の縁側は冷え込んでいた。夜次は半纏を数枚着込んでいるが、死んだ永月が寒さを感じることはない。

「せっかく、力が強そうな呪穢がらみの件を解決したっていうのに。今度の永代橋の因穢も、先生が探してたものじゃなかった。すまなかったな」

「うーん。やっぱり、君は私に気を使いますねえ。君が謝ることじゃあないでしょうに」

「いや、でも……。残念だったろうと思って」

「フミが……妹が見つからなかったことよりも、君が死にかけた上に、私を他人扱いしたことの方がよっぽど残念ですよ」

そこを突かれると弱い。夜次は「う」と声を漏らした。

「自分でも、不思議な気持ちなんですよ。私には、生涯フミしか家族はいないと思っていましたから。まさか、あの日拾った君を、こんな風に思うようになるなんてね」

拾った、と言った永月の端正な横顔を眺めながら、夜次は永月と出会ったころを思い出す。

舞い散る桜の花びらが、やけに邪魔くさく感じられる春の日のことだった。

昔から、人ならざるものを見る子供だった夜次は、生まれ故郷の村で随分と気味悪がられ、災いをもたらす狐憑きだとされて育った。毎日のように親に折檻され、納屋から出ることは許されず、しまいには村からつまみ出されてしまったが、それはそれで仕方のないことだと思っていた。

自分がいると、親までもが村八分にされる。ならば、出て行った方が皆にとって幸せなことだろう。毎日暴力にさらされるくらいだったら、いっそどこかに行ってしまいたいと思ったのも本心だった。

夜次が目指したのは江戸だった。

そして、流れ着いた深川の町で猫又を見たのだ。

その妖怪は人の目には見えないのを良いことに、魚屋から毎日魚を盗み出していた。魚屋の主人がいよいよ困ったようにしていたので、ある夜、夜次は店の前まで行き、それを追い払おうとした。店の役に立てば魚の一匹でも分けてもらえると思ったのである。

しかし、ことは思ってもみなかった方向へと転がって行った。

盗っ人だと勘違いされ、ひどい目にあったのである。

『こんの汚いガキ！　おめぇか、俺の魚を毎日毎日こっそり盗んでいきやがったのは』

『ちっ、違う。俺じゃねえ、猫の妖怪が！』

『何わけのわからねえことを言っていやがる。てめえ、訛りがあるな？　くそ、深川にゃ居場所もねえ田舎っぺの貧乏人が集まるから、いっときたりとも気が抜けやしねえ！』

運悪く、夜次の手にはちょうど猫又から取り返した鰆が握られていた。もう、言いのがれはできなかった。黙り込んだ夜次を、魚屋の親父は天誅とばかりに何度か蹴った。面白がった酔っ払いらも加わり、皆で夜次を蹴り飛ばそうとしたところ、亀彦が走ってきたという訳である。

そして、事の次第を聞いた亀彦は『これは呪祓師案件だな』と呟いて、永月の住む長屋に夜次を引っ張って行ったのだ。

「先生は、俺を最初、犬畜生かなんかだと思ってただろう」

「今更否定はしませんが……。ふふ、私を責めますか？」

「いいや、まさか。犬でいいと思ったんだ。もう殴られないなら、別に犬でもいいと思った」

月を眺める夜次は、まっすぐに天を見たまま続けた。

「知ってたよ、先生が俺を家族だなんて思ってなかったこと。呪穢になってしまった妹さんを探すために俺を呪祓師にしたことも。全部、小さいときからとっくに気づいてた」

永月は言おうとした何かを飲み込み、唇を閉ざした。

行き場のない小さな子供に情も愛もいだいていなかった自分を、読み書き算盤(そろばん)と人ならざるものについて教えただけの自分を、先生と呼び、ちょこまかとついてきた夜次。

どうでも良いと、人ではないと思って引き取ったはずなのに、たしかに、可愛いと思うようになってしまった。それは幼いころ、妹のフミに抱いた感情と似ていたのだ。

そんな夜次を、当初の目的通りに祓い手として仕込み、危険な仕事に巻き込むことに、永月は日に日に複雑な感情を募らせていったのである。

とんだ矛盾だった。

妹のために、子供ひとりを道具のように使い倒そう。そう決めていたのに、決意など、儚(はかな)いものなのだと知った。

「先生は、優しいから。ちょうどよく祓い手の素質があった俺に、毎日飯と寝床と、罵(ののし)り以外のいろんな言葉をくれただろう。それがどれだけ、俺にとって……」

夜次は言葉を切り、ぐいっと酒を煽る。

いつもより饒舌(じょうぜつ)な夜次は、随分酒が回っているらしい。永月は、彼の言葉を止めなかった。

夜次の声は心地良い。祈り手である永月も、歌うようなその声を褒(ほ)められることはあるが、夜次のように低く落ち着く類の声は出せないのである。

「先生の未練は、俺が晴らす。あんたは俺をかばって、志半ばで死んでしまったんだ。フミさんを見つけ出して、俺が苦しませずに彼女を斬ってやる。それで先生が祈って、届けて……」

「そうなったら、私たちもいよいよ本当のお別れですねえ。私はフミへの未練だけでこの世に留まっているわけですから。夜次にはもう一度、弔辞を考えてもらうことになりますね。君は文章を書くのが苦手ですから、今から心配……。や、夜次？」

しんみりとした空気に耐えかねて、永月は茶々を入れた。しかし、夜次のすすり泣くような声を聞き、言葉を詰まらせてしまった。

夜次がこんなに涙を流したのは、永月が死んだとき以来だ。

「でも、先生。先生が天に昇るのも、巡って別の人になっちゃうのも、嫌なんだ……俺の家族は、先生しかいないんだよ」

それは、夜次の偽(いつわ)らざる気持ちだった。

普段、永月とともに淡々と仕事をこなす彼は、どんな危険な任務にもためらいなく向かっていく。どの呪穢が、永月の会いたがっている妹なのかがわからない以上、数をこなすしかないと思っているからだ。

しかし、実際はこうだ。

彼は、唯一の家族を再び失う恐怖を抱きながら、唯一の家族の願いのために働いているのだ。

目の前で泣き続ける青年と己の抱える矛盾が、永月の中で重なった。

『実の妹と拾った犬の、どっちが大事なんだ』と、昔馴染みに言われた言葉が蘇る。そんなもの、妹に決まっている。と、もしもそう言い切れたなら、どんなに……。

「……俺の正直な気持ちは、今言った通りだ。でも、先生。あんたとフミさんを会わせて、あんたの思う通りにしてやりたいと思う気持ちにも嘘はない。だって、俺にもわかる。家族が呪穢になったら、祓って救ってやりたいと思うだろう。先生が俺に家族をくれたから、俺にだってわかるのに。……矛盾しているな。悪かった、こんなことを言われても、困るだろ」

自嘲の笑みを最後に残し、夜次は立った。

「早く寝てくれ。今のあんたにも、休養は必要なんだろう」

永月の薄い肩に触れ、夜次はしっかりとした足取りで、部屋に引っ込んでいった。

「しかし、困ったなあ……。家族なんてもういらないって思っていたのですけれど」

困るという言葉とは裏腹に、あまりに優しすぎる永月の声は、澄んだ夜の空気に溶けて消えていった。

不思議の二
八幡山の破れ障子

2・文化六年／正月
八幡山の破れ障子

「先生、せんせー。忘れちゃいないだろうな。今日は仕事だぞ」

鈴姫の恋が引き起こした悲劇から、早ひと月。

年が明けて、文化六年。一月二日を迎えた今日は本当なら非番だが、仕事なので仕方がない。

一部屋にひとつずつ火鉢を置いているこの家でも、朝は特に冷え込む。「さみぃ」と呟きつつ、着替え終えた夜次は、まだ布団にくるまっているのか、返事のない同居人の部屋を覗いた。

「起きろって。近場だからって油断すると遅刻するぞ」

面倒くさがりの男の万年床はペシャンコだ。

「先生、どこだ。先生？」

おかしい。どこにもいない。先刻起き抜けに確認したが、居間にも台所にも自分一人だった。それに、まだ朝が早い。二度寝常習犯の彼は普段ならまず起きてこない。

まさか。

背筋が冷える。

いいや、そんなはずはない。……でも、可能性がないわけじゃない。どころか、大いにある。見える、話せる、触れられる。だから忘れがちなのだが、永月は霊だ。……いつ天に昇っていったって、おかしくない。それが自然な姿なのだ。

(いやだ)

いやだ、嫌だ、だってまだ何の役にも立っていない。迷惑しかかけていない。それに、それにまた——。

(また一人になっちまう)

ざあっと血の気が引いて、土間にしゃがみ込んだそのとき。

「夜次~。ちょいと通りを歩いてきたんですけどね、今年は雪かきしなきゃ厳しいかもです……おや、ダンゴムシの真似ですか」

のんびりした声と共に、ガラッと開く戸。夜次はうっかり蹴られそうになった。

「はぁ」

「夜次?」

「うん、雪かきな。今日の仕事が終わったら、庭の雪を片付ける」

ホッとすると急に冷静になった。どれだけ動揺していたかをひしひしと自覚し、力が抜けた。ほんの少しの彼の不在でこんな風になるなんて、我ながらどうかしている。……しかし、今まで何度も脳裏をよぎってきた恐怖は、こびりついて離れなかった。

やはり、たった一人の家族を失ったら、あの底無し沼のような気持ちに囚(とら)われるのだろうか。まともな飯も暖かい寝床も、罵倒以外の言葉ももらったことがなかったときは、こんなに恐怖を覚えなかったが、永月に拾われてから時折、ただただ怖くなる。得難(えがた)いものを得、知らなかったものをすでに知ってしまったからだろう。

「夜次、夜次や。仕事、遅刻しますよ」

その言葉を受けて、夜次はよろよろと立ち上がった。ともかく、新年の初仕事は待ってはくれない。

「ああ、行こう」

忙しい方が気持ちも強制的に入れ替わる。面倒な正月の仕事のはずが、夜次は、少しありがたいと思った。

・

可哀想な私の娘、可哀想な私のお喜乃。

私がいなくなってしまったら、あなたは誰を頼って生きていくというの。誰があなたを守ってやれるというの。

でも私には、これしかできない。これしか方法がわからないの。

だから壊すわ。全部全部壊して、守ってあげる――。

本や着物、楽器なんかも散らばった部屋で一人、思い悩んでいたそのとき。

たん、と障子が開く。

即座に、敷かれっぱなしの布団の中に隠れた。そして隙間から、じっと警戒の目線を投げる。

「おや、ここですか」

知らない男の声がして、それから暗い部屋に光が射した。

「ご依頼の『障子紙がひとりでに破れる部屋』は」

「ひいっ。障子が勝手に開いたぁ」

「落ち着け、千石屋の旦那。俺の相棒は幽霊だって言っただろ。今のは先生、祈り手の永月坊が開けたんだ」

男が三人、部屋に入ってきた。目を凝らした。一人は敵だ。可愛いお喜乃をこの家に閉じ込めた挙句、継母にいじめられているのに気づかないこの家の主人。そいつはお喜乃の実父だが、大嫌いだ。

「夜次、何でまたこの部屋の障子にはこんな布がかかっているんでしょうねえ。これじゃ一日中暗いままだ」

男の一人が、ピラ、と布をつまんだ。その下からは見るも無残な姿の障子が出てくる。破れた紙は、雪のように畳の上に散らばっていた。

「ひいっ。暗幕がひとりでに揺れたぁ！」

「だから先生だって。あーもう、先生は勝手に部屋のものを触るな、ややこしくなる」

残りの二人は初めて見る。

坊主の方。体が……特に白い髪と、笠の下に隠されている目玉が、ものすごく美味しそうに見え、思わず、隠れていた布団の中から手を出してしまいそうになったが、慌てて引っ込めた。

もう一人の方は、いちばん歳が若いように見えた。跳ね回る黒髪をひとつに結んでいる彼は、若いとはいえお喜乃よりか三、四歳は上だろう。腰に刀を見つけ、ゾッとした。刃物は嫌いだ。

「この八幡山は深川屈指の別荘地。ここにこんなに大きな土地を持つとは。千石屋さん、儲かってるみたいですねえ。お店（たな）とお屋敷は牛込（うしごめ）にあるんでしたっけ」

「はいはい、目で指示するな。俺が代わりに聞きゃいいんだろ。なあ、儲かってんのか？　牛込に大店があんだろ」

「あっ、ええ、ええ、楽器商の中では、うまく軌道に乗っている方かと思いますよ、うちは」

ごちゃごちゃと着物やら本やらが散乱した部屋を見ても驚かないこの二人は、千石屋の旦那から事情を聞いていたのだろう。話を盗み聞きしながら、はたと気づいた。

美味しそうな方。どうやら生きている人間じゃない。

ということは、一概に敵とはいえないのかもしれない。

そろ、と布団から手を出して、なるべく端っこを通って、影の中に身を潜（ひそ）めて進む。寒いが、我慢だ。それからいちばん部屋の中まで踏み込んでいた永月の着物をつついた。

「ん？　おや、随分な美人さんがいらっしゃる。あなたはお喜乃ちゃん、じゃないですね？」

ええそうよ、あの子は私みたいな年増（としま）じゃないわ。

死んでからというもの、どうにも声が出しづらい。この彼に伝わるか不安だったが、どうやらわかってくれたようである。

「すみませんね、お部屋を踏み荒らして。ま、この部屋、元から信じられないくらいに荒れていますが。その理由を部屋の主に聞いてみたいけれど、そのお喜乃ちゃんは口がきけないという。十二歳でそうならば、治すのに難儀しそうですね」

あの子を悪く言うのはやめてちょうだい。ねえあなたたち、何しにきたの？　あの女のように、私の娘をいじめる気？

「いやいや、まさか。私たちは仕事で来たのです。まあ面倒そうな仕事ですがね、正月なんて誰も働きたくないでしょうし」

男は屈み、目線を合わせてきた。

「とはいえ、望んで引いている貧乏籤です。いつか大当たりを引けないかってね。うーん、でも、今度のも違うようです」

そんな彼に、もう一人の新参者が声をかけた。

「ん、先生。何を一人でぶつくさ言って……おい、そいつまさか、クシュっ！」

「夜次さん、まさかって何です。畳に何かいるのですか」

「あーもう、旦那は黙って、っクション！　何っ、これ、ヒックシュ！」

「おお、景気がいいですねえ。夜次がこうなるのは久々だ」

「先生笑ってねぇでっ……っクシ！　俺もう無理だこの部屋。外で話そう！」

くしゃみが止まらなくなった彼に懐紙を手渡す千石屋の旦那は、何が何やらな表情だったが、僧侶姿の方はケラケラ笑っている。

「ではまた後ほど。あなたの娘さんとも、会いたいしね」

最後にニコ、と笑ってから、彼は一本髪の毛を抜いてくれた。物欲しそうに見ていたのがバレたのかもしれない。

「それを食べると、あなた方みたいなのは存在が安定しますから。どうやらお喜乃ちゃんにはあなたが必要のようだ」

あたりまえよ。母親が不要な子供などいるものですか。

一行が出て行き、部屋には暗闇が戻る。盛大に鼻をかむ音が聞こえてきて、私は何だか力が抜けてしまった。

・

「ひでえ部屋だったな。散らかった物で畳が見えねえ程だった。笛、三味線、たっけえ琴まで適当に放って置くなんて」

「楽器は別にいいのです、店に置いていたものを手習い用に与えただけですし。けれど女中が気味悪がりましてね。何度掃除をしても、次の日にはあの有様。あの大人しい娘があんなことをするはずもありませんし……」

夜次と永月が通された別室は広く、梅の植わった中庭を一望できる。気の早い寒梅が咲いており、雪が散る今日のような日は殊更に風情があった。

「にしても、申し訳ありませんね、この正月に。私は普段は牛込の店と本邸にいるものですから、なかなか来られないもので」

「ま、仕方ないですよ。私たちは如月(きさらぎ)にきっちり休むので、謝礼を弾んでくれるんだったら言いっこなしです」

永月の言葉はむろん依頼人の耳には届かないのだが、本人は気にせず話していた。

「幽霊橋と永代橋の両方を解決された夜次さんならば、是非うちの、騒動の原因となっている呪穢(じゅえ)……因穢(いんえ)も斬っていただけると思いましてね」

湯呑みを両手で握り、ため息を吐いた千石屋の旦那、真蔵。神経質そうな、痩せて青ざめた顔をしている中年男である。

彼は部屋荒らしの犯人を呪穢だと断言したが、夜次はその辺りは流して言葉を返した。

「そんなに困ることか？　この深川の別荘にゃ住んでねえんだろ、旦那は。それに、きっと別荘なんぞ他にもあんだろうから、部屋がひとつくらい荒れようが障子が破れようがどうでもいいじゃねえか」

「ええ、私はそうなのですが……」

そう言ってから一呼吸置き、真蔵は苛立たしげにあぐらをかいた膝を揺すった。そして、次第に早口になっていった。

「私にとっちゃね、この深川の別荘なんてもんは滅多に来やしませんし、どうでもいいんですよ。でも家内はね、あいつは母性が強いのかね。自分の子でもないのに、ちょっと前までは二日とおかずにお喜乃の様子を見にここまで来ていたみたいなのですよ。けれどなかなか心を開いてもらえないみたいで、嘆いていまして……。全くお喜乃め、私らがどれだけ苦心して気を使ってやっているかもわからずに。あの娘は何も言葉を話さんし、体裁が悪くていつまで経っても牛込に連れて行けやしない……はは。いや、なに、貧乏暮らしからこの屋敷に来て、いまだに緊張しているのでしょうけれど」

娘への小言を口にし、彼は慌ててそうごまかした。

真蔵の言う家内とは、正妻のこと。外でつくった子であるお喜乃の継母にあたる。

「それに私もね、娘に、お喜乃に会いに来るたびにあの有様じゃ気が滅入りますよ。何も話してくれませんし、親の顔を見てもニコリともしない」

「娘さんはともかく、障子破りの犯人に心当たりはあるのかい」

「それが、死んだお辰が呪っているのだと皆が言うのです。そんな女に産ませたから、あんなもの言わぬ娘になったのかもしれない」

ゆったりと構え、うっすらとした微笑みを絶やさずに聞いていた永月は、隣の夜次に聞いた。

「ん、夜次や。お辰さんとは、お妾さんですね」

「ああ。使用人連中も言っていたな。去年の春の大水で亡くなった旦那の妾が、呪穢になっているに違いないって」

「ああ、ああ、あの女め、私じゃなくて大水を恨めばいいものを」

気の弱そうな男という印象だったが、止まらない不平不満をぶちぶちとこぼす様子からして、単に怖がりの小心者というわけでもないようだ。貧乏揺すりは酷くなるばかりであった。

そんな真蔵を、まじまじと眺める呪祓師の二人。依頼人はただの依頼人。その人となりや性格にどうこう言うつもりはないが、この痩せぎすでイラつきっぱなしの男が見かけによらず妾をつくるとは。ともかく金さえあればよくモテるらしい。

そんなときだった。

「先生、あれ……」

　ふと外を見やる。庭を見るために開けられていた障子の向こう。中庭に、一人の少女が降りていくのがわかった。

「お嬢様、足袋（たび）のままではダメですよ。せめて草履（ぞうり）を……」

　女中に止められても、彼女は知らん顔だ。雪の上は冷たいだろうに、平気そうな顔をして足袋を濡らして庭に降りていった。

「おお、肝が据わっているな。先生、庭に子供がいんのわかるか」

「うん。はっきりと魂の気配がある。あの子がお喜乃ちゃんですかね」

　中庭をぐるりと囲むようにつくられている別荘だ。彼女は対岸から中庭を突っ切って、三人がいる部屋までの最短距離をズンズン歩いてくるが、その表情は一切変わらない。喜怒哀楽の何もかもが浮かんでいない様子は、幼い彼女のなりとずいぶん違和感があった。

「こら、お喜乃！　お客様がいらしているんだ、今日はずっと離れにいなさいと言っただろう。ああ、みっともない真似を。草履くらい履きなさい。木の根が足袋にひっかかるぞ」

　その言葉を聞き、ピンときた永月は夜次に意味ありげな視線をよこした。それを受け、夜次は肯（うなず）きこう言った。

「なあ、旦那。俺と先生とあのちびっ子の三人だけにしてくれねえか」

　夜次も同じく、もしかしたらと思っていたのだ。それに、暗い部屋で息を潜めていたアレについて聞けるとしたら、相手はあの部屋の主である彼女しかいなかった。

「え、わ、私はかまいませんが。あの子、話しませんよ。赤子のころは話していましたし、耳は聞こえているのですが、この屋敷に来てからはからっきし……」

「大丈夫だ」

夜次はあわあわとした様子の真蔵に言った。

ちょうど、こちらの座敷にお喜乃が到着した。汚れた足袋を脱ぎ、畳に上がってくる。張り詰めた表情が目に付くせいで気づけずにいたが、将来美人になるだろう。

長い髪をピシッと結って、背に流している。賢そうな目元が大人っぽいので、十七歳の割りに童顔なお涼と同い歳くらいに見えた。

しかし引き結ばれた小さな唇と、キュッと上がったまなじりに、強い意志を感じる。何だかこちらまでしっかりしなくてはと思わせられるような、不思議な子供だ。

「お喜乃、どうか失礼のないように」

そう言い残し、部屋を出た真蔵をちらりとも見ず、少女は呪祓師二人の前でピンと背筋を伸ばして正座した。卓の向こう、彼女の目線は二人を交互に見つめていた。

「さて……。お嬢さん、私が見えているようだ」

立ち上がり、障子を閉めた永月は、お喜乃に言った。

「この私が視線を感じたから、すぐにわかりましたよ。素養がある。霊視ができる人は、なかなかいませんから」

「ああ、やっぱりそうか。それにお喜乃、足袋のまま庭に降りたのは、草履が根に触れる感触を庭の梅の精が嫌がるからだな」

　こく、と少女は肯いた。女中や父の言葉を無視していたのはわざとだろう。庭の梅には気を使うのに、人間は無視。彼女のその態度はなぜなのだろうか。夜次が聞いた。

「お前は、元はこの別荘じゃなくて、長屋にお母さんと住んでいたんだろう？　それでお母さんは、去年の弥生の大水で長屋ごと流されちまった。辛い話をして悪いな。でも、確認しなきゃならねえんだ」

　肯く少女。お辰という母と二人で暮らしていたところ、突然この千石屋の真蔵が、七歳だった彼女を跡目として引き取ったという。仔細は真蔵から聞かされた通りらしく、どうやら夜次と永月は嘘はつかれてはいないようだった。

「新しい親とは、うまくやれてねえのか」

　夜次は出来うる限りの優しい声を出した。男児はともかく、女の子と話したことなどほぼないのだ。

「おや、君はお兄ちゃん気質だったのかな。妹か弟を引き取ってあげればよかったですねえ」

　気恥ずかしさからか、夜次はぶっきらぼうにそう返した。が、二人のやりとりを見ていたお喜乃は目を丸くし、くすくすと笑い出した。

「す、すみません。ふふ、面白くて……」

　突然スラスラと話し出した少女。能面のようだった表情も華やぎ、先ほどまでうっすらと漂っていた緊張感が少しほどける。

「お、お前、口が」

「ええ、話せます。あんまり話していないと本当に忘れちゃいそうだから、人がいないときには独り言を言ったりもしています」

「ならばなぜ、口を閉ざすことにしたのです」

永月の問いに、お喜乃はきっぱりとした口調で答えた。

「抗議です」

抗議。

その言葉に、二人は悟った。

この子は、怒っているのだ。七歳でこの屋敷に連れてこられた日からずっと、ずっと。

「妻との間に子供ができないから、妾の子を探し出した。さっき真蔵さんはそう言っていましたが、これは本当でしょうか」

言いづらそうに永月が尋ね、お喜乃はニコッと笑った。肯定の笑みだ。無表情だったときよりも、よっぽど圧がある。

お喜乃のこの笑みの影に何があるのかは想像するしかないが、その想像は難しくはない。

深川の長屋に住む者に、金持ちはまずいない。かつての永月のように好き好んで暮らす変人もいたが、金ができた者はたいがい広い家に行くか、大水やらの心配が少ない土地に引っ越してゆくだろう。

そんなところに、母娘二人。決して楽な暮らし向きではなかったはずだ。なのに、何の支援もしてこなかった父が突然、自分の都合で母娘を引き離したのだから、怒って当然である。

「真蔵の家内、つまりお前の継母はよくお前に会いに別荘に通ってきているというが、気に入らねえのか」

「つねったり叩いたり、髪をひっぱったりする奥様に、どうして愛想よくいられましょう」

即座にそう返され、夜次は眉を顰(ひそ)めた。予想していたことではあるけれど胸が痛んだ。昔、自分がされた仕打ちを思い出したのだ。

夜次は村から逃げ出した。親から、そして村から捨てられたせいではあるのだが、自ら志願して外に出たようなものだったと記憶している。

「お前は、強い子だな。俺はとても、抗議なんて……抗(あらが)ってやろうなんて、思いもしなかったのに」

夜次の小さな言葉に、お喜乃はキョトンと首をかしげた。

「いや、すまねえ。こっちの話だ。ときに、お前はこれからもずっと黙ってるつもりなのか」

「私……。一体どう振る舞ったらいいのか時折わからなくなるんです。あの人たちの思い通りに振る舞いたくはないけれど、口を開けばひどく反抗的なことを言ってしまいそうで、そうしたらきっと余計に面倒なことになるでしょう？　だから、結局黙ってるしか出来なくて」

本当はこんな家出てやりたいし、いずれ店の都合で誰かと結婚させられるのも嫌だし、そもそもあの父の店なんか継ぎたくない。けれど、どうしていいか手立てがわからないのだ。

「それこそうんと子供のときは、部屋のものを投げつけたりして気分を発散させていたものですが」

意外だった。やり場のない怒りを沈黙で表すような落ち着いた物腰の彼女が、そんな癇癪を起こすようにはとても見えなかった。

「じゃ、あの部屋の有様はお前が？」

「いいえ、今は私ではありません。けれど、好きにさせています。犯人はきっと、私を守るつもりでやってくれているのです」

「屋敷の人々は、亡くなったあなたのお母様の仕業だと言っていますが」

「いいえ。お二人ならばわかるでしょう。母は、呪穢になどなっていません。私がここに連れてこられた日も、母は私の幸せだけを願っていました。……大水のときだってきっと、誰かを呪うようなこと、考えなかったはずだわ。きっと母の魂は綺麗なままです」

それどころか、霊になって戻ってきてもいないのだろう。先ほどちらりと部屋に踏み入った二人だが、特に不穏なものは感じなかったのだ。

「じゃあ、誰が部屋を荒らしているんだ。俺たち、依頼を受けたんだよ。毎夜毎夜、お前の部屋で勝手に障子が破れるから、偶然部屋の前を通りかかった女中が気味悪がって仕方ないんだと。だから障子に布までかけちまった。部屋が荒れてんのも、同じやつのしわざだろ」

夜次の問いかけに、彼女は黙り込む。

この家に引き取られたばかりのころ、お喜乃に甘い言葉をかけてきた大人は多くいた。父は

「一人娘の幸せのために、なんでも揃えてやろう」と言った。しかし、最も会いたかった母とは決して会わせてはくれなかった。「新しい母さまになってあげる」。そう言った継母は、父の見ていないところでお喜乃にひどい仕打ちをした。女中たちも世話をしてくれはするが、妾の子供であるお喜乃にどこかよそよそしかった。

そんな過去を考えれば、突然やってきたこの二人の呪祓師のことだって、信頼できるはずもなかった。優しく耳障りのいい言葉で、味方のフリをして近づき、裏切るかもしれない……。

眼前のお喜乃が、二人にどこまで話すべきかを考えているのが仕草から伝わってきた。賢い子供だ。

そんな彼女に、永月が言った。

「お喜乃ちゃん。私は、あなた方のどなたの味方でもありませんよ」

穏やかな声だった。

「興味ないんですよ、金持ちのお家騒動なんてのにも、痴情のもつれにも。奥様派でもなければお喜乃ちゃん派でもないんです。別に必要以上にあなたを憐(あわれ)んでやろうってわけでもないし、恩を売る気もない」

「え」

「ただ、仕事で、受けた依頼は解決しなきゃならないのです。だから安心して、話してごらんなさい」

お喜乃は次第に、納得したような表情を見せた。

人間関係なんてどうでもいい。ただ真実を明らかにしていきたい。口と心を閉ざして、面倒な大人たちの事情に巻き込まれてから今まで、懸命に自らを守ってきた少女にとって、それは鮮烈な言葉だったのだ。

「私……私、もう誰の指図も受けたくないんです。誰の都合にも振り回されたくない。だから、さっきのあなたの言葉を信じたい。……本当に、本当ですよ。本当でしょうか」

「本当ですよ。ふふ、外の世界は、そんな人ばっかりですよ。みんなあなたと同じで、自分のことで手一杯。ただ、あなたには才能があります。そして、いろんな世界を見る権利がある」

永月の話ぶりに、夜次は眉を上げた。この男、どさくさに紛れてお喜乃を仲間に引き込もうとしているのである。

「先生。その話は、仕事を終わらせてからだ」

「おや鋭い」

「なあ、ここまで話してくれたんだ、お前の知ってることを全部しゃべってくれるだろ」

背が高く、刀を佩いている夜次は、一見お喜乃からは怖い人のように見えた。しかしそんな彼が頑張って柔らかい笑みをつくろうとしてくれているのがわかり、お喜乃はまた笑ってしまった。悪い人ではなさそうだ。

「……お二人のこと、信用します」

「助かるよ」

ふわ、と夜次の大きな手が肩に触れた。ほんの一瞬、お喜乃の頭に懐かしい思い出がよぎる。

母の手はもう少し小さかったけれど、同じ温度だった。少女の頬に紅が差す。

「こほん。……夜次さん、永月さん。もう会いましたか？　彼女に」

・

あなたのものですよ、と与えられた部屋なのに、荒らすと怒られるらしい。縁の下で耳をそばだてながら、不思議な気分に陥ったのを覚えている――。

つい数日前まで、その部屋は空き部屋だった。そこに、不安そうな顔をした小さな女の子が放り込まれたのを、物陰からじっと見ていた。知らない顔だった。けれど、女中やら、たまにくる意地悪女の話やらで、大体のことを理解した。

そのお喜乃の境遇は、とても看過できるものではないと思った。しかし、こんな自分には何もできまい……。

と、諦めていた矢先。夜中に、上からゴットンバッタンと派手な音がして、眠っていたところを叩き起こされた。縁の下からそろそろと顔を出すと、なんと、あのおとなしかった子が部屋中のものをあちこちに投げつけて、静かに静かに、涙を流していたのだ。

彼女はビリビリと障子をちぎり、床に叩きつけた。

可哀想に。やり場のない感情を、ああすることでしか消化できないのだわ。母と引き離されて意地悪女にひどいことばかり言われて、もう言葉を話す気すらなくなってしまったのだわ。

そう気づいたから、ヒョイッと縁側に飛び乗って、少女が暴れまわる部屋に入った。人間は怖かったけれど、彼女のことは怖くないと思った。

「ミアオ」

お喜乃、と呼んだ。

ピタリと彼女の動きが止まる。そして、薄く涙の膜を張った瞳が、こちらを見下ろした。

「……あなたも、一人なの？」

「ミ、ミャ、アオ」

そうよ、今はね。去年まで、五人も子供がいたのだけど、みんな立派に育ったの。だからお母さんは引退したのだけど……。

「ミャン、ミャー、ニャ、ァ」

ね、今度は、あなたのお母さんになってあげる。あなた、お母さんが欲しいんでしょう。私どうしても、あなたのこと、ほっておけないわ。子供たちを思い出しちゃうの。

「あなた……」

「お嬢様、大丈夫ですか？　何やら音がっ……何ですか、この部屋。あ、この野良猫っ。犯人はお前だなっ」

女中がすっ飛んできて、会話が邪魔された。そして、部屋の荒れようを見て勘違いした彼女は、私を捕まえようと手を伸ばしてきた。

慌てて縁の下に潜る。網か棒でも持ってこられたら、逃げきれないかもしれない。子を産んでから、少し体力が落ちたのだ。

しかし、追跡の気配がなかった。不思議がって耳をそばだてていると、お喜乃の派手な泣き声がした。嘘泣きだ。彼女は泣くときは静かに泣く。

女中の気を引き、自分を守ってくれたのだとわかった。

「ああもう、お嬢様、怖かったですね。あんな悪さをする猫が出るなんて、奥様に言ってとっ捕まえてやりましょう。もう、片付けるの誰だと思ってるんだか」

部屋の主人でも、部屋を荒らすと怒られるらしい。人間は不思議である。

それから何度か、少女は部屋を荒らし、ものを壊した。そのときは決まって、私も参戦した。途中、なんだかじゃれ合っているみたいで楽しい気持ちになったのを覚えている。

そして、私が爪痕や毛を残していくと、お喜乃が怒られないということを知った。皆、私を犯人だと思ったからだ。

「ミコ、大好きよ。このお家でミコだけなの、一緒に遊んでくれたのも、一緒に眠ってくれたのも」

「ミャアン。ニャ、ニャ」

なら、ずっと一緒にいてあげる。こうやって、守ってあげる。

そう決めていたのに、ある日。

「おや、こいつは良い毛皮になりそうだ」

私はあっけなく、捕まってしまったのだ。

・

「俺、猫が嫌いなんだよ……」

「散々なことばっかりですものねえ」

猫又の件はそんなに悪い思い出でもないのだが、くしゃみは困る。ひどいと、全身が痒くて仕方がなくなるのだ。

「さて、べっぴんさん。出ていらっしゃいな〜」

のんびりとした声で永月が荒れた部屋に呼びかけた。しかし、部屋はシンとしたままだ。

真蔵を呼ぶと面倒そうなので、お喜乃をつれた三人であの荒れ果てた部屋にコソコソと戻ったのだが、警戒心の強い彼女は姿を現さなかった。夜次は部屋にわずかに残っている猫の毛で大変なことになるので、外に立ったままだ。

「無理に呼んでも可哀想よ。その代わりに」

そう言ったのはお喜乃だ。そして暗い部屋の奥に大股でズカズカ進んでいき、しゃがんでぽいぽいと物を放って何やら掘りかえしている。そして、彼女が持ってきたのは、絹の布に包まれた何か。

それは、一挺の三味線だった。

木の色で、わかる者にはわかる。赤みがかった紅木材でつくられた高級品だ。

「ん、千石屋の商品か？　真蔵が、売れ残りをお前の手習い用に持ってきたっていう」

夜次が聞くと、彼女は首を振った。

「いいえ、これは奥様から。継母からいただいたものです」

その言葉に、男二人が首をかしげた。ひどい女のはずが、こんなに見事な三味線を与えるのだろうか。

「ま、さか」

先に気づいたのは夜次だ。

おぞましい想像が頭をもたげ、開きかけた口を閉じた。

しかし少女はこともなげに、右手で、左腕に抱えた楽器の胴を撫(な)でた。まるでその動きは、愛玩動物を愛(め)でるようなものだった。

「あの子は、奥様に捕まってしまったの。そして、この姿になって私の元に帰ってきた」

鬼の所業(しょぎょう)だ。

三味線に猫皮や犬皮が使われることは当たり前のことだが、この少女にとっては、あの猫はただの猫ではなかった。それをわかったうえで、わざわざ捕まえて、皮を剥(は)ぎ、楽器に仕立てて贈ったのだ。

「辛いことを聞いて、」

すまねえ。そう言おうとしたときに、聞き慣れない音がひとつ。

荒らされた部屋の中央に座り、少女が弦を奏(かな)で始めたのだ。

ピンと背筋の伸びた正座。右脚の付け根に楽器を乗せ、左手の指で弦を押さえる。撥(ばち)の動きも、指さばきも、決して速いものではなかったが確実で、練習を重ねたのだとわかる。

べん。

三味線は、弦楽器だけれど、同時に打楽器でもある。

音色は力強く、傷ついて弱った心など微塵も感じさせない。

見事なものだった。

「……奥様、きっと私が泣いて落ち込むと思っていたようだったから、たくさん練習してやりました。幸い、教本なんてものはこの家には腐るほどありましたし」

楽器商なのだから、それはそうだろう。そうして彼女はまた、自分を攻撃してきた者に反撃してみせたのである。

「一度演奏してやってから、滅多にこの別荘に来なくなったわ。あの女も、案外たわいない人だったみたいです」

永月も夜次も、もう何も言う気にはなれなかった。脱帽だ。

普段、怨念や怒りに支配され、我を失った人間や人間くずれたちと付き合うことが多い分、この少女の強さにはほとほと感嘆する。

たった十二歳で、恨みつらみに支配されることもなく、自らの心を守れるのは、並大抵のことではない。

そんなときだった。部屋に、小さな鳴き声がした。

「ミ……」

声が出しづらそうだが、さっきよりは良いだろう。きっとこの猫は、霊になって戻ってきてから、あまりうまく自らを操縦できていないのだ。そう思ったから、永月は先ほど髪の毛を与えたのである。

「ミコ。おいで、大丈夫よ。この人たちは、大丈夫」

お喜乃が部屋の隅にいる彼女に声をかけた。トトっと駆け寄ってきたのは綺麗な毛並みの三毛猫。野良のはずだが、生前お喜乃がきちんと手入れしてやったのだろうとわかった。

「障子を破ったのも、部屋を散らかしたのもミコですよ。私の癇癪に付き合って、よく罪をかぶってくれていたの。ねえミコ、私はもう大丈夫。あなたが守ってくれたから、もう、暴れなくても大丈夫になったのよ」

静かに語りかける彼女の周りを、言葉がわかっているのかいないのか、尻尾をピンと立てた猫が体を擦り付けるようにして纏わりついた。親愛の証だ。

「猫を殺しても部屋が荒れるものだから、今度はお母さんが呪穢になっただなんて騒ぎ立てて……。この屋敷の人たちは、たとえ私が何を言っても信じなかったでしょう」

「お辰さんに無意識に負い目があったから、そう思い込んだんだろうな」

猫の霊を撫でながら、少女はフッと目を伏せた。気丈な彼女が見せた影のある顔に、夜次は思わず聞いてしまった。

「お喜乃。その……」

事情が全て明らかになってみると、夜次は気にせずにいられなかった。今朝の恐怖が脳裏をよぎった。

お喜乃を勝手に、己の事情と重ねてしまう。

この少女は、自分と近からずとも遠からぬ状況にある。一人きりの家族を失い、しかし生きていかなくてはならないのだ。

なのになぜ、こうまで凛としているのだろう。

「会いたいとは思わねえのか」

ぐ、と、拳を握り、俯く。

それから夜次は、意を決して顔を上げて聞いた。

「本当の母親に」

しかし、彼女の反応は予想とは違うものだった。お喜乃は、きっぱりと言ったのだ。

「思いません、絶対に」

夜次の瞳が揺れる。

その様子を、永月はじっと見ていた。

「だってお母さんは、きっとようやく、お空でゆっくり休めているんです。生きている間は私のために、うんと頑張ってくれた。私が寂しいからまた会いたいだなんて、それは」

座ったままの少女は、まっすぐに夜次を見上げた。

「それは、私の身勝手な気持ちでしかありません」

まずい。そう思ったのは永月だ。

シンとした部屋に、猫の喉が鳴る音と、庭の木々のざわめきが届く。ブワッと大きく風が吹き、冷たい粉雪が舞い込んでくる。

初めて夜次と出会った日を思い出した。縛られて土間に転がされていた、野犬のようだった少年。

あれから、夜次はずいぶん大人になった。けれど、その内面はまだきっと、柔(やわ)く変化しやすいままなのだ。永代橋の一件の後で、縁側で泣いている彼の姿を見て痛感した。この子は、別離を恐れながら別離に向かって走っている。その矛盾を解決できていない彼に、この少女の一矢はあまりに鋭い――。

「夜次」

思わず名を呼んだ。お喜乃の言葉の後、一瞬だけ目を見開き、すぐに俯いた青年は唇を噛み締め、やはり言葉をなくしていた。

しかし、次の瞬間。

(笑った)

それは永月にとって、全くの予想外だった。

「ふ」と息を吐いた夜次がその顔に浮かべたのは、小さな笑みだった。決して自嘲ではない。それは、憧憬の微笑みだった。

「お喜乃。お前は、本当にすごい」

自分よりも四歳年下の少女を見て、青年は言った。

傍(かたわら)で丸くなる猫の霊を守るように撫で、凛とした有様で視線をよこす彼女。彼女を見ていると、夜次は目がさめるような気持ちになる。

(身勝手な感情。……身勝手か、そうか)

お喜乃は自分にひとつ、確かな答えをくれた。

その答えを自分のものにできるか、わからない。するべきなのかもわからないけれど。

「俺はお前を尊敬するよ。心から」

しっかりと前だけを向く彼女の道行きに、少しで良い、恩返しにもならないかもしれないけれど、しるべを立てさせて欲しいと、夜次は心から思ったのだ。この少女は、このままここにいて、あんな言葉を掛ける父親の思うがままにされていい存在じゃない。

「なあ、寺に来ないか？　お前はきっと良い呪祓師になる」

するりと口から出た言葉に、彼女も、そして永月も驚いてしまった。夜次が自分から誰かに歩み寄ることなど、そして浅くはない縁を結ぼうとすることなど、思ってもみなかった。

（そうか、十六歳なんて、毎日変化していく年頃だ）

人知れず、永月の心にのしかかっていた未練のひとつが、静かに静かに、雪解けのように消えていった。あの孤独だった少年が、自ら人と繋がろうとしている。

「夜次さん、私」

問いかけられた少女の言葉で、ふと永月は思考の波間（なみま）から浮上した。彼女は真顔のまま顎（あご）の下に手を当て、そして、猫と楽器を抱えて立ち上がって言った。

「私、ずっと私に……私の生い立ちに興味がない人たちのところに、行ってみたいって思っていたんです」

腹はとっくに決まっているらしい。永月も異存はない。すでに先ほど、彼女を仲間に引き入れようとしたほどなのだから。

「さて、お父さんをどうやって説得しましょうかね。真蔵さん、お喜乃ちゃんを跡目にしようと思ってるんでしょう？」

そう問うと、少女は大きな目を細めて片方の口のはしをあげ、ニヤリと笑った。悪い笑みだ。無表情の印象が強かったこの娘は、他にいくつの表情を隠しているのだろうか。

「何のために、奥様の非道を今まで父に黙っていたのだと思います？」

それは、ここぞというときの切り札にするためである。

・

「で、妹が一人と猫一匹。新たな家族ができたわけですが、同居一日目で追い出す羽目になりましたね。どんな気持ちです、モテモテお兄ちゃん」

ニヤニヤと笑う永月に、頭を抱えて畳にうずくまる夜次。

梅の木一本もない小さな寺の中庭を見ていた少女は、くるりと振り返って言った。

「夜次さんは悪くないんです。夜次さんがあんまり美形だから、ご近所のみなさんが全員惚れてたってだけで……。そんなところに私みたいのが転がり込んだら、『ンのクソアマ』って言われても、仕方がないというか」

そうなのだ。女に興味はありませんという態度だった夜次がお喜乃のような美少女を連れ帰ったものだから、夜次の周囲はいっとき騒然となったのだ。夜次は質問責めにされ、少々年上に勘違いされた大人っぽいお喜乃は、半泣きの娘に心ない言葉をかけられたりもした。

「普段は静かなところなんだよ……」

夜次はなんだか全身がヒリヒリするような感触がして落ち着かなかった。とんでもなく恥ずかしいところを見られた気がするのだ。

「穴があったら入りてえ」

「わあ、夜次が混乱してる。この子、あなたにいい顔ばっかしていたいみたいですよ。カッコつけお兄ちゃんだ」

「ええと」

「いっそ引っ越しますか。三人暮らしがしやすいところに」

「そ、そんな。私、明日にでも口入屋に行って、住み込み奉公できる先を探します。ご迷惑ばかりお掛けして、私……」

縁側に立ったまま深々と頭を下げたお喜乃に、慌てて夜次が言った。

「いやっ、迷惑なんて思ってねえ」

あの後、彼女は父に、腕や足についた幾多の傷跡と、幼いころから書き連ねてきた日記を見せたのだ。

すると真蔵は、意外なほどあっさりと彼女を手放す決意をしてくれた。

しかし、それはお喜乃を気遣ってのことではなかった。『霊視ができる子だから、寺の仲間にしたい』という夜次の言葉が決定打だったらしい。永月の一挙手一投足に怖がっていた男だから、そんな娘など気味が悪いと思ったのが本音だろう。

「お、いたいた。って、なんで夜次は泣きそうなわけ」

混沌とした小部屋にやってきたのはお涼だ。非番の彼女は今日は羽織姿でなく、爽やかな淡い青の着物を着ていた。

「あんたがお喜乃ちゃんね。あたしは佐伯涼。ここの祓い手だよ、よろしくね」

「あ、あの……」

大きなタレ目に笑いかけられ、お喜乃はモジモジと下を向く。歳の近い女性に親切にされた経験がなく、どうしていいのかわからないのだ。

「で、永月に頼まれてたことだけど。お父さん、歓迎するって言っていたわ。部屋も余ってるし。ま、呪祓師になるならちょっと職場からは離れるけど、あたしが通えてるんだから大丈夫な距離よ。なんなら駕籠(かご)にでも乗ればいいしね」

そうなのだ。永月と夜次の家では安住出来そうにもなかったため、二人はいいとこのお嬢さんであるお涼に頭を下げた。

「あ、あの、本当に、本当にいいんですか？」

「もちろん！　義宗(よしむね)師範の道場にも行きましょ、師範はいまは不在だけど、師範のお姉さんが切り盛りしてるから。祓い手になるなら、剣道は必須だからね。それに、あたし嬉しいの。女の子が増えると、いろんなお話できるし……五歳も年上だけど、よかったらお友達になってほしいなーなんて」

お涼が照れたように言うと、お喜乃は感極まったようにふるふると震えだした。そして、バッと頭を下げて言った。

「よ、喜んで、お友達になりたいです」

「俺たちの家に来るってなったときと、ずいぶん違う反応だな」

一抹の寂しさを覚えた夜次に、眉を八の字にして笑った永月が慰めるように言った。

「そりゃ、知り合ったばかりのおじさんとお兄さんと同居なんて嫌でしょうよ。こんなむさくるしいところよりも、可愛いお姉さんがいる上に裕福なお家の方が、彼女のためにもいいんじゃないでしょうか」

「ミ、ミア、ミャー」

心配そうな様子のミコに、お喜乃は言った。その声には、隠しきれない喜びがにじんでいた。

「大丈夫よ。大丈夫。私たち、これからだもの」

以降、八幡山の別荘の一室が荒れ果てることもなければ、障子が破れることもなくなった。

猫を連れた少女が黒い羽織をたなびかせるのは、少し先の話。呪安寺の頭領が代替わりし、若い祓い手がその座に就いたころの話である。

不思議の三
仙台堀血染めの下駄

3・文化六年／早春
仙台堀血染めの下駄

いいか、みや。もしかしたらこれが、お前とゆっくり話せる最後の機会かもしれねーのや。漁師はな、儲からねえ。けど、飢えることもねーのや。

だから、父ちゃんの父ちゃん、そのまた父ちゃんも、みーんな漁師だった。この仙台湾で魚を獲って生きてきたっちゃ。

けど、みや。お前は娘っこだ。女じゃ海にゃ出られねえ。母ちゃんだって、みやが海に出るってなったら、心配で天国から降りて来ちまうかもしれんっちゃ。

……ああ、泣くな。泣くな。涙のせいで、村いちばんの美人の顔が台無しだ。

こんな父ちゃんで、すまねえなあ。

約束だ。父ちゃん、みやが嫁入りする時分にゃ、必ず祝いに行く。何が起きても絶対だっちゃ。だから安心して、さっさと行きさい。あのお侍さんを信じて、行きんさいな。

父ちゃんなら大丈夫、約束があるっちゃ。

・

文化六年も早くもひと月が過ぎ、世の中は一年で最も冷え込む如月。今年は、不運なことに正月に仕事が入った。なので、夜次と永月も、如月の今になって長い非番を謳歌している。

あの日連れ出したお喜乃は娘が三人も嫁に出てしまった佐伯家に歓待されているらしく、一月の半ばに、かなり遅れた新年の挨拶に来てくれたときは、お涼と揃いの友禅の振袖を着せられていた。表情も明るく、夜次はほっと安心したものだった。

しかし、夜次の暮らしに全くの平穏というものはない。かつてかまどからボヤを出し、畳を水浸しにし、全ての洗濯物を空の彼方へ飛ばしてしまった……壊滅的に家事ができない男と暮らしているからである。

「うあ、あああっ。夜次、夜次どこです」

「なんだっ、また火傷か」

幽霊は火傷をしない。そんなことすら忘れるほど、玄関先から聞こえた呼び声に動転した。白い息を吐きながら井戸から戻って来た夜次は、担いでいた重い桶を乱暴に土間に置いた。その衝撃でせっかく汲んだ水がかなり溢れたが、今は永月が先である。

そして、台所の七輪を見て今度は夜次が悲鳴をあげた。

「ひいっ、せっかくの餅が黒焦げじゃねえか」

どころか、網の上の餅からは火が出ている。

「働きっぱなしの君にあんころ餅でもつくってあげようと」

「先生はひっこんでろ。台所に立つなって、何べん言ったらわかってくれるんだ」

夜次は永月を押しのけた。酌を探す余裕はない。水が入った桶に駆け戻って手を突っ込み、両手ですくって火がついた餅へと急いだ。汲んだばかりの井戸水は、指先が痛むほどに冷たい。

思わず顔をしかめた。しかしやらねばならない。

桶と網の間を何往復かして、ようやく燃え上がっていた餅が鎮火したころ、土間の隅で事の次第を見守っていた永月が言い訳がましく言った。

「いや〜。私、手元が見えないので」

永月を手伝っていたらしい家鳴り鬼も身をすくめ、そそ、と永月の後ろに隠れる。手には白い絹糸のようなモノを握っていた。賄賂だ。

「そういう問題じゃねえだろう。あんたには火加減って概念がねえのに、何度も炊事に挑戦するから悪いんだ。ああもう、なんなら全部家鳴りにやってもらえばいいのに」

「自分でつくってこその感謝の気持ちだなあと」

「餅が一個いくらか知ってんのかっ」

寒さが苦手な夜次は、鼻を赤くしながら永月にそう言った。何枚も着込んでいるせいで丸々として、少々間抜けな見た目だ。

「もったいねえ。せっかくの貰いもんが」

いずれも、夜次が年の瀬に近所の女性たちから少しずつもらって来た餅である。頼んだわけでもないのにどこからともなく餅が集まり、こんもりと居間に積まれゆく光景は、毎年恒例のものとなっていた。

二人して高給取りの夜次と永月にとっても、餅は高級品に違いない。正月の餅代にしろと寺から渡された金は、ニョキニョキ背が伸びる夜次のための新しい着物に使い切ってしまった。

だから、如月にしてなお余る餅は有り難い存在なのだ。

「そうですねえ。夜次くんはモテモテなのでねえ。餅をいちばん多くくれた方をお嫁にでもします？」

「バカ言え。ああでも、食いもんは正直嬉しい……」

「そういうのをヒモっていうんですよ」

　炭と化した餅をさっさと片付け、結局半分になってしまった水を桶から甕に移し替え、手際よく二人分の新しい餅を焼き始めた夜次に、永月が茶々を入れた。

「最初は君だって家事も何もできなかったのに、今や野菜の値切りから料理まで得意になってしまって……。私の教育の賜物だ。自分の才能が恐ろしいです」

「あんたが何もできねえからだろ。俺が来る前は、本当どうしてたんだよ」

「髪と引き換えに、妖怪やら霊やらが手伝ってくれましたよ。ま、ほとんどが君を恐れてどっかに行っちゃいましたがね。あとは、友もまだ所帯を持つ前だったから、通って来てくれた」

「友って……ああ、義宗師範か。焼けたぞ、座って待ってろ」

「はいはい」

　ぷくりと膨らんだ餅をひとつずつ皿に盛り、一方に醤油を、もう一方につくり置いたあんこをのせる。ベラベラと話しながらでも、夜次ならばこの程度はちょちょいのちょいだ。餅よりもあんこの方が多い自分の皿を見て、夜次は満足げに息を吐いた。

「ほら、これ先生の。で、その師範はまだ、江戸には帰って来らんねぇんだろ。夏までは無理だってお涼から聞いたぞ」

「うん。向こうの祓い手連中のお師匠さん……宝蔵院の爺様が倒れたってね。だから代打で呼ばれて、年越しも奈良で出張稽古でしたってねえ。売れっ子は大変だ」

「なんといっても師範は柳生の新陰流だからなあ。興福寺の宝蔵院槍術にも張り合えるか」

柳生一族といえば、三代将軍徳川家光公の御代まで江戸城で剣術を指南していた名門だ。柳生十兵衛の代から徳川家指南役の任は解かれたが、その後、十兵衛の唯一の息子が江戸に道場を開いてからというもの、代々繁盛して続いている。

そして柳生一族は、江戸城での仕事がなくなってから、呪安寺の祓い手たちに剣術の手ほどきをしてくれるようになった。霊視だの霊感だのは関係ない、純粋な剣術をである。

いくら霊力をうまく刀に乗せられる才能があろうと、基本の剣技がなっていなければ呪穢は斬り払えない。だから、祓い手を志す者たちは皆、柳生家に、そして当代当主の柳生義宗、通称「師範」に世話になっているのである。

「ヨシもむさ苦しいなりのくせして、手先が器用でねえ。色々手伝ってくれましたよ。ん。今度のお餅も美味しいですねえ！」

「ほうらな。ま、にはへつもくっへはら、」

夜次は口いっぱいに餅を頬張り、ごくんと飲み込む。

「二ヶ月も食ってたら、いい加減飽きてくるがな」

そう言い直し、夜次は言葉とは裏腹に二個目を焼きにいそいそと台所に向かった。

「君ねえ、まだ身長伸ばす気ですか？」

「悪いことじゃねえだろ」

「背が高すぎても、見世物小屋に再就職する羽目になるだけですよ」

「それほどにはならねえよ」

背中を向けたまま会話しつつ、夜次は永月が話を変えたことに、ひそかにホッと胸をなでおろした。台所に来た理由は、何も餅だけのためではないのだ。

(師範の話をするのは、少し苦手だ)

それこそ、永月と暮らし始めたころからかなり世話になった男だ。太っ腹で、男くさい精悍な顔つきが頼もしく、人にも優しい。霊力は全くないけれど祓い手の仕事に深い理解がある男だった。

しかし、ある日を境に、明らかに夜次への態度が変わった。

あの日の記憶は、いつまで経っても夜次の脳裏から離れてくれない。

幽霊橋で永月が死に、通夜も葬式も終わった数日後に奈良から義宗が飛んで帰って来たあの日。外は大雨で、泣けない夜次の代わりに天が大泣きしているような陰鬱な午後だった。

寺で事の次第を聞いた彼はすぐさまこの家の玄関にやって来て、わなわなと唇を震わせ、静かに夜次を睨みつけた。

それから彼の右手が、左の腰、光世の柄に伸びたのを夜次は見た。

背筋が凍った。殺される。

そう思ったときに揺らいだ瞳に映った義宗の表情が、彼の胸中の全てを語っていた。

(あれは、悲しさと悔しさと。俺への憎悪)

永月が死んでから、夜次を責める者は一人もいなかった。夜次は決して、それを当たり前だと思わなかった。自分は断罪されるべきだとすら思っていたのだ。

だからこそ、唯一、ほんの一瞬とはいえ激しい憎悪の視線を向けられた瞬間を、夜次は決して忘れられない。純粋な剣技だけでは絶対に勝てない相手。そんな男に殺気を向けられ、背中が冷えた心地悪さは、今でも夢に見るほどである。

「それにしても、ヨシは情が深い男でした。それこそ、結婚する前からものすごく鞠(まり)ちゃんに入れこんでいましたし」

永月はまた、ほとんど唯一の友の話を始めてしまった。幼いころから先代の柳生家当主にくっついて寺に出入りしていた義宗と永月は同い年。大人を手のひらで転がせるほどに頭が回った永月と、体力が有り余っていて悪戯(いたずら)盛りだった義宗は、悪ガキ同士すぐに意気投合したというわけである。

「江戸に居ない人の話なんか、しても仕方ねえだろ」

「ま、そうですが。彼には、申し訳なく思っているんですよ。鞠ちゃんも一人息子の一太くんも亡くなって、そのうえ私まで死んでしまって……」

「二個目、食うか?」

不自然に話を切ってしまった。夜次はそう思ったが、これ以上聞いていたくはなかった。

「いただきます。味噌がいいです」

しかし、元気のいい永月の返事を聞くに、彼は特に不審には思っていないようだ。夜次が永月の友を苦手に思っているなど、まして抜刀されかけたなどと知ったらきっと、彼は自分の死を負担に感じてしまうだろう。

「鞠ちゃんのお父さん、鞠ちゃんがお嫁に行くときに泣いてたなあ。夜次が祝言(しゅうげん)を挙げるときは、娘をお嫁にだす父のような気持ちになるんでしょうか。いやそれより、お相手に同情してしまうかな」

「なんだと?」

「だってこんなに、炊事洗濯ができてしまう亭主なんて嫌でしょう。夜次ほど家事ができる娘などいるものですか」

「そりゃ、何もできねえあんたのせいだろ!」

「あっはは。打てば響く」

期待通りの返しに、腹を抱えて喜ぶ永月。つられて夜次も毒気を抜かれて笑う。二人暮らしが始まってから、六年間も繰り返して来た光景である。

あまりにいつも通りで、平和で、だから二人は気がつかなかった。いつの間にやら、とある来訪者が玄関に立っていたことに。

「永月よ、あまり夜次をからかうんじゃないぞ。そういうのは、わしくらい年寄りになるまでとっておけ」

しゃがれた老爺の声に、二人してハッとした。笑い声がピタリと止む。

音も立てず、ひとりでに戸があいた。

玄関に、一人の小柄な老人が立っていた。脇に控えるのは、漆黒の羽織をまとい、口に当て布をした男。腰には刀を佩いている。老人の護衛係の祓い手だ。

老人は笠を深く被り、白い直裰に五条袈裟姿。防寒具に、綿の入ったこげ茶の着物を羽織っていた。

「まだ正月気分か。似た者同士め」

「これは、竜頑様」

老爺の名前は竜頑坊。人生五十年と言われる時代にあって、とうに還暦を迎えた呪安寺の頭領の祈り手である。

「お、今年も恒例の餅祭りか。夜次に籠でも持たせて立たせれば、一生食べ物に困らなそうじゃのう」

「ええ。女性が好きな男に食料を贈る催しでもあればいいんですけどねえ。面白いことが起きそうだ」

「そうなったらお主は夜次におんぶにだっこじゃな」

「いいですねえ。遊んで暮らしてやりますよ」

先ほども聞いたような会話に、永月がこうなったのはこの老人のせいでもあるだろうなと夜次はだんまりを決め込む。

続けて、はあ、とため息をついた夜次は、最後に残った餅の一口を口に放り込み、ゆっくり咀嚼し嚥下して、長かった冬休みを手放す決心をつけた。

「で、竜頑様。俺たちに何のご用で」

「何の用って、仕事以外にあるまいよ」

そう言ってから、控えに向かって手を出した。彼は、手にしていた風呂敷を開いて土間に包み布を敷き、中身を広げた。

「この深川にある、仙台藩の蔵屋敷。つまりは伊達公の深川屋敷じゃが、そこから依頼が来た」

布の上に置かれたのは、古びた一対の下駄。

その両方にべっとりと血痕があり、鼻緒に至っては、元が何色かわからないほどにどす赤く染まっている。

しかし、それがただの下駄でないことは、二人にはすぐにわかった。夜次がよく目をこらすと、下駄の向こう側が透けて見えた。ある意味、これも霊体のひとつである証拠だった。

「毎年如月の一日から十五日まで、深川屋敷の近くの運河、仙台堀にこの下駄が流れ着くのじゃ。少しでも霊視ができる人間ははっきりと視認してしまうがゆえに、気味悪がられて仕方がないという」

「俺だったら、人殺しでもあったんじゃねえかと勘ぐるな」

そう言った夜次の横で、顎に指を当てた永月が「ああこれか」と呟く。

「これが、あの『仙台堀の血染めの下駄』ってやつですね。この下駄が見えてしまった町人が仙台堀の川に押し流しても、翌日また必ず流れ着いてきているという。実物は初めてだなあ」

もう、いつからなのかわからないほど前から、毎年如月になるとこの不可思議な下駄が仙台堀の川岸に流れ着くというのだ。

これは深川屋敷を管理する仙台藩の人々にとっては非常に深刻な問題だった。屋敷におろされるはずの米や布、様々な俸禄（ほうろく）を届けてくれる船が、この下駄を呪いだの凶兆だの言って怖がり、如月中は寄り付くのを嫌がるからである。そのせいで、大事な収入の到着に滞りが生じてしまうのだ。

「そう、それじゃ。ま、わしらにとっちゃ風物詩のようなものじゃが、誰も解決できなかったという意味ではこれも立派な難任務。イチや、これはお主の求めるものじゃないだろうが、引き受けてくれんかのう」

「それ、私に拒否権ありますか？　仕事ができるとその分面倒そうな仕事を押し付けられる。この永月、縦社会の理不尽さを嚙（か）み締（し）めておりますよ」

「本当はその面倒そうな仕事をやりたいくせに、本当によく回る口じゃ。わしに似たかな」

もはや、一周回って楽しげにすら聞こえてくる二人の会話を無視し、護衛の祓い手と夜次は勝手に話を進めた。

「夜次、お前はこれをどう見る」

「そもそも呪穢案件なのか？　人が死んだわけじゃねえだろう」

「ああ。ただ血染めの下駄が流れ着いてくるだけで他は一切の謎だそうだ。如月十五日を過ぎればパタリとなくなるし、下駄は風呂敷に保存しておいてもいつの間にやら消えてしまう。これも、心なしか先ほどより薄くなっているのだ。しかし……」

「しかし？」

「しびれを切らした仙台様が呪安寺に大金を積んだのだ。竜頑様が昨日それを受け取ったものだから、何が何でも解決しなくてはならなくなった」

事の顚末を聞いて、夜次は固まる。呪安寺は半分は民間組織である。それを切り盛りする、いわば経営者としての役割も担わされた竜頑は敏腕と言えば聞こえはいいが、少々金にがめつい。

「……つまり、何も手がかりがないこの件について、暇そうな俺と先生でなんとかしてこいってわけだな」

「そういうことじゃ」

それまで永月との与太話に興じていた竜頑坊が、臆面もなく言った。

・

「すごい剣幕でしたねえ、あのお侍さん。相当下駄が怖いと見える」

「それより、財産の管理が滞るのが嫌なんだろうよ」

依頼を受けた二人は悲しいかな、上からの命令には逆らえない立場であるため、早速仙台堀の川岸まで調査に赴いた。しかし、今日の分の下駄は先ほど見たし、そこには何もなかった。

加えて、あの血染めの下駄には、見た目のおどろおどろしさからは想像がつかないほど、何の呪い穢れも感じられなかったのだ。

あたりをうろついていた仙台藩の蔵屋敷「深川屋敷」のお侍には、『いつ片がつくんだ』と詰め寄られた。気の利いた一軒家を買えそうな量の小判をもらっている立場なので、夜次は『如月中には』とだけ返事をし、そそくさと逃げてきたところである。

「にしても、明和のころからか。ずっと下駄が流れつき続けるなんて、たしかに薄気味悪いな」

細かい年号も聞いてきた。始まりは、今から四十二年前の明和四年。如月一日から十五日まで、蔵屋敷の前に下駄が届く。毎日だ。たしかにそんな職場は嫌である。

「といっても、手がかりも何も……。おや、何だかざわついていませんか？」

「ああ、あれだろうな。呉服屋に花嫁衣装の娘がいるみたいだな」

「へえ。試着でもしてるんでしょうかねえ」

「かもな。あ、なあ。そこの店で着物を買うから、先生それを羽織ってくれよ。見てるこっちが凍（こご）えそうだ」

如月は寒さが極まる。夏生まれの夜次にとっては地獄だ。モコモコと綿入りを厚着し、いちばん上に鴉の羽織を着た夜次の吐く息はやはり雪のように濃い白色だが、霊の永月は寒さを感じないためいつもの袈裟姿だ。

「ええ〜。面倒ですよう」

　霊とはいえ、うつつの着物を身につけようと思えば身につけられる。不思議なもので、霊視ができない人間には、幽霊が浮世の服を身につけた途端、先ほどまでそこにあった着物が消えて見えるらしいのだ。食事もまたしかり。ふわっと食べ物が浮いたと思えば、霊の口に運ばれた瞬間消えて見える。

「ところで、水辺に行ったらあさりが食べたくなりましたねえ。今日は深川飯をつくってくださいな」

「食事は必要ないはずなのに、もりもり食べるよな」

　そんな話をしつつ、とりあえず夕食後に亀彦でも訪ねるかと思った二人が、呉服屋の前を素通りしようとしたとき。

　若い女性の大声が、通りに轟いた。

「だから。私、嫁入りなんてしません！」

　夜次と永月は、思わず声のする方を振り返る。

　そこでは、十四、五くらいの白無垢に綿帽子姿の娘と、その母親らしき女性が路上で口論を繰り広げていたのだ。

「ダメよ。お相手の方、遠い地からわざわざあなたを迎えに来るのよ」

「だーれがそんなど田舎にっ……もとい、知らない場所になんていくもんですか。大体不公平よ。お兄ちゃんも弟も江戸でお嫁さんをもらう運びなのに、私だけ知りもしないところに行くなんて。私だって江戸の侍の娘よ！」

「これお美世。恥ずかしいわよ、外で大声なんて。それにあなた、今更破談になんて道理はっ」

「り、理由ならあるわ。理由、理由、そ、そう」

野次馬が集まってきた中で、夜次もなんとなくぼんやりと口論の行方を眺めていた。しかし、花嫁衣装のその彼女、裾が割れるのも気にせず、ズンズンと大股でこちらに近寄ってくるではないか。

まずい。面倒ごとが起きる。

第六感が働いた夜次だが、時すでに遅し。

彼女はガッと力強く夜次の腕を摑んで、こう言い放ったのだ。

「私、この人と将来の約束をしているんです！」

「は……」

「何ですって」

口を半開きにして呆然とする長身の美青年に、みるみるうちに般若もかくやな顔になっていく母親。その側で、音もなく抱腹絶倒寸前の僧侶の霊。

「婿様、走りましょう！」

「まっ、待て、待ておい、あ、足、はやっ」

脱兎のごとく駆け出した花嫁に腕を摑まれ、少々足をもつれさせながらもついていく夜次。

笑死しそうな永月も、必死に夜次の気配を追ってついていった。

「やるな兄ちゃん！」

「お美世と祓い手が駆け落ちだ!!」

「逃げ切るか、捕まるか。どっちに賭ける？」

町衆の、やいのやいのと盛り上がっている声が遠のいていく。

夜次は今日ほど、この目立つ黒光りの羽織を恨んだことはなかった。

・

「ハッ、っ、ハア……」

かがんで膝に両手をつき、娘と夜次はゼエゼエと肩で息をした。結局夜次は、仙台藩の蔵屋敷にほど近い伊勢崎町から、小名木川のむこうあたりまで全力疾走させられたのである。

「あんた、何のつもりだ。高くつくぞ」

「えっお金とるんですか？」

「当たり前だ、迷惑料だ！　俺はこの羽織のせいで面が割れてんだ。妙な噂がたったらどうしてくれる」

「うちは貧乏侍の家ですから、お金は……」

「てめえ」

あまりの苛立ちに、思わず堅気の娘に凄んでしまった夜次に、彼女は「ヒッ」と怯えた声を漏らした。着ているものこそ豪奢な真っ白の花嫁衣装だが、その顔にはあまり化粧は施されていない。永月の言う通り、祝言当日でなく、試着か何かの用事だったのだろう。

「まあまあ夜次や、あんまり、ふふ、女性を脅かすもんではないですよ」

「笑い声、抑えきれてねえぞ、先生」

「これは失礼。ま、とにかく君たち目立つんですから、隠れがてらうちに帰りましょう。それで腹ごしらえをして、それから彼女の話を聞くのはどうです」

「おい、下駄の件はどうする気だ」

「まだ十日ですよ。約束の月末までは余裕がある」

「あ、あの……」

それまで夜次と永月のチグハグなやりとりを黙って聞いていた娘が、ソロソロと遠慮気味に挙手をして、青い顔で呟いた。

「先ほどから、どなたとお話しされているのでしょう……」

「ああもう、わかった。全部説明するから、家に来い」

「ふふふ、こそこそ家に入らないと、またお喜乃ちゃんのときみたいに騒がれるかもですね」

「先生は黙ってろ！」

気づけば一行は、家のある三間町の近くまで来ていた。

・

「さて、お美世だったたか。腹も膨れただろう。洗いざらい話せよ、俺たちには時間がねえんだ」

律儀に三人分の食事をつくり、きちんと永月のことやら仕事中である旨やらを説明した夜次に「生真面目だなあ」と呟く永月。ネギとあさりがたっぷり乗った白米は、貝出汁と味噌の味が染みて絶品であった。そんな食事が一口ずつ箸に乗り、ひとりでに虚空に消えていく様子を目の当たりにした花嫁衣装の娘、お美世は、最初こそ不審がっていたが、今や納得したらしい。人間、あまりに予想外のことが起きた方が、存外すっと飲み込めるものである。

「私、あと五日後に祝言を挙げるんです。お婿さんがうちを訪ねてくるんです。それは私の家……黒沢家で三代にわたって決まっていることで、逆らうことはできません」

「武家だと言っていたな。まあ、縁談とはそういうもんだろう。そんなに嫌ってことは、好いた男でもいんのか？」

鈴姫が頭に浮かぶ。彼女を断ったときに体で感じた恋心は凄まじいものだった。しかし、美世はふるふると首を振った。

「違うのです。ただ、江戸を……。生まれ育った深川を離れるのが、嫌で。だってお相手は、仙台藩の方だというのですよ」

「何でまたそんな遠くに行くのです」

「先生の言う通りだな。ど田舎なんてそりゃあ嫌だろう」

「遺言なんです。うう、嫌だ、嫌だわ。父様にも母様にも会えなくなってしまうんだわ。寒い土地で家族と離れて暮らして、最後には独り寂しく死んでしまうのだわ……」

そう言った美世は、被っていた大きな綿帽子がぐしゃりとなるまで抱きしめて、泣き出してしまった。言い草は大げさだが、たしかに可哀想かもしれない。

「遺言だと言ったな。誰からのだ？」

「祖父母です。二人は仙台藩の出身で、それから黒沢家は、ずっと仙台様の深川屋敷に勤めているのです」

「それでなんで、孫娘を田舎に送り返そうとしているんだ」

「祖母の遺書に、娘が生まれたら自分の代わりに田舎の潮風を浴びせたいだとか書いてあるそうです。お祖母(ばあ)様は江戸の空気が合わず、すぐに病に倒れてしまって、帰郷できずじまいだったといいますから……そんなことでって思いますよ。本当に勝手だわ」

　今度は怒りをにじませて、美世は言った。会ったこともない祖母なのだろう。

「しかも、それが必ず、この如月中に祝言を挙げるようにという内容なのです。黒沢の家に娘が生まれ、結婚できる年頃になり次第、必ず一人仙台藩へ嫁にやること。そして、その日付けは如月の、それも十五日までてなくてはならない」

　ズビズビと鼻をかむ美世は、いよいよ絶望感が増してきて涙が止まらない様子だ。

「助けてください、いっそ偽りでもいいの。祝言の翌日に離縁でもいい。私、もうどうしたらいいのか……」

「嫌だよ、俺までまきぞえになるの。ああでも、駆け落ちの噂広まってんのかな。勘弁してくれねえかな」

　どうしようもない気分を振りはらうかのように、夜次は大きく伸びをした。

「はー、厄日だ。仙台藩がらみの面倒ごとばかり……。下駄は如月中。この娘を助けるにしても、如月中が期限。俺は伊達公に呪われでもしてるのか」

　そんな夜次の言葉に、お美世は首を傾げてこう聞いた。

「私の話の他に、仙台藩のいざこざがおありで？」

「それがな。お前には見えねえだろうが、そこの土間に下駄がある。血で赤黒く染まった、男物の下駄だ」

「気味が悪いわ、そんなものを家に置くなんて」

　彼女は引き気味だ。正直者なのだろう。

「仕事だ仕事。ともかく、如月になるとその下駄が仙台藩の蔵屋敷の前、仙台堀川の川岸に流れ着くんだ。霊感のある奴が押し戻しても、絶対にまた流れてくる。それが不思議なことに、如月の十五日を過ぎた途端にパタリとなくなる」

　憔悴（しょうすい）した様子の夜次の横、永月が茶を啜（すす）る。

「四十二年間も律儀（りちぎ）ですよねえ。私の生まれる前からですよ」

「あの侍、明和四年からと言っていたか。ええと……徳川家治公の御代だな」

「明和四年」

　ポツリと美世は呟く。それから、畳に目をやりながら記憶を手繰（たぐ）るようにして、こう言った。

「私の家に、お祖母様とお祖父様が祝言を挙げた日の絵があるのです。歌川豊春（とよはる）作だからって、床の間の高いところに目立つように飾ってあるので、小さいころから繰り返し見て覚えてしまったの。その端にあった日付がたしか」

明和四年。如月十五日。

聞いた途端に、夜次と永月は顔を見合わせた。

「先生、まさかだが、これって偶然にしちゃ」

「出来すぎていますよね。藁に縋ってるだけかもですけど」

ひそひそと言葉を交わす。二人して、同じことを考えた。もしかしたらこれは、糸口と言うやつかもしれない。思いもよらない方向からだったが、幾多の謎とも相対してきた呪祓師二人の直感がそう告げている。

仙台藩。急ぎの祝言。明和四年の如月十五日に結婚した女と、それから毎年、如月十五日まで流れ着く血染めの下駄。一度も故郷に帰れなかった祖母の遺言――。

やっぱりだ。時期と場所のところどころに、共通項が多い。

「お美世さん、あなたの悩みも、我々の仕事も、一気に片がつくかもしれません。少なくとも、五日後。十五日の夜には」

「これから俺たちが聞くこと、全部教えてはくれないか」

点らしきものは浮かび上がっていた。あとは、仮説に沿って動くのみである。

「は、はい……いいですけど……」

詰め寄る夜次に少々気圧されたお美世は、しかし真摯に問いに答え始めるのだった。

・

「で、なんでまたあたしが」

「いや、お前が適任だと思ったんだが、その髪の毛の長さじゃあな。花嫁らしい結い方ができねえんじゃ仕方ねえ」

作戦決行の十五日。晴れ渡った青空とは裏腹に、半泣きで目を赤くした祓い手のお涼は、呪安寺の門前で夜次を上目で睨みつけた。

「燃えちゃったもんはしょうがないでしょう。あたしの髪を奪ったあの呪穢、ゆるっさない！もう一回斬ってやりたいぃ～」

そう。夜次はある用事を頼もうとしてお涼を訪ねたのだが、そこには全くの別人のようになってしまった彼女がいた。長い黒髪は肩の上まで短くなり、タレ目のお涼は非常に幼く見えた。夜次が手に抱えている白い着物と綿帽子は、今や依頼人となった黒沢家のお美世から借りたもの。しかしあてが外れて、無用の長物となりかけている。

「……はぁ～。どうするよ。機会は今夜のみだぞ」

お涼は、さっさと寺の方に引っ込んでいってしまった。

「夜次さーん！」

遠くから紺色の地味な着物を着た娘が手を振りながら駆け寄ってきた。お美世だ。

「お母様もお父様も了承してくれましたよ。これは、今夜の依頼料です。ええと、ご協力くださる佐伯家のお嬢様は……」

「残念だけどダメになった」

「え、じゃあ、花嫁役は……」

私？　と、唇の端をひくつかせて言うお美世は心底嫌そうだ。それもそのはずである。相手は人ならざるもの。お美世には対応できない。

「いや、おまえさんには無理だろう。人死にも怪我人もねえから、呪穢じゃねえんだろうが、強い未練に突き動かされてることは違いねえ。……かくなる上は」

「………」

普段、必要以上に喋る永月は、お涼の髪を目の当たりにしてから黙り込んでいるままだ。もはや、誰が今夜の主演役者になるべきなのか、わかってしまっているからだろう。

「お美世は霊視ができねえ。お喜乃も、今はまだ霊視ができるだけの素人だし、流石に幼すぎる。火炎は尼僧で髪がない。お涼は幼子のようになっちまった。呪安寺に他に女はいない。俺の見た目じゃ流石に無理があるし、鶴亀の二人は論外」

「………」

「頼む、この通りだ」

「キツイですって……私、死んだの三十二歳のときなんですよ……」

「何歳でも大丈夫だ。歌舞伎みたいなものだと思え」

そういう問題ではないのは、夜次も永月もよくわかっていた。しかし、どうでもいい話で現実逃避でもしないとやっていられないと永月は思ったのである。

「……火炎に、着方を習ってきます」

夜次の手から花嫁衣装と綿帽子を受け取り、呪安寺へと入っていく永月の背中が、あんなにも切なそうに見えた日はない。

「さ、今夜は仙台藩深川屋敷の船着場。真夜中の仙台堀川に集合だ。大丈夫、呪穢じゃあねえなら危険も少ない。あの人は百戦錬磨だからうまくやってくれる」

永月の言葉が聞こえずとも、夜次のセリフで大方ことの成り行きを悟っていたお美世は、緊張した面持ちで肯いた。

・

ようやく、着いた。

大嵐の中で船が転覆し、破れた帆にしがみついたのは覚えている。しかし、見たこともない牙を持った怪魚が荒れる海の中でうようよと泳いでいるところからは、記憶が曖昧である。

極寒の海を何日もかけて渡るのは、慣れ親しんだ仙台湾に漁に出るのとは訳が違う。仙台藩に立ち寄った廻船に頼み込んで乗せてもらったのだが、それが運の尽きだったようだ。

「けど、父ちゃん、ちゃんとついたっちゃ。みや、みや、約束、果たしに来たぞ。……ああ、なんで。なんでだ。今日も、うまく陸に上がれん……みやの祝言があるというのに」

視線を下に向ける。真っ赤な下駄が映る。血だ。しかし不思議なことに、視界がぼやけて自分の足がよく見えない。

ぐっ、ぐっ、と、ない足に力を込めて、水辺から岸に上がろうとするが、うまく行かない。

目の前には、地元仙台藩の主、松平陸奥守(むつのかみ)こと伊達公が建てた蔵屋敷の白い壁がある。

「みや、江戸でうまくやってるのか。あの黒沢のお侍は、みやを支えてくれてるんか……。ちくしょう、なんでだ。今日も上がれねえ。くそ、くそ、朝が来たら、また海からやり直しだ。泳ぎ直しだ……」

「父ちゃん。陸に上がれないのは、父ちゃんの魂をこの世につなぎとめる物が、海の中にあるからだっちゃ」

不意に、静かな夜の川岸に歌うような声がした。

月に照らされた河原に立っていたのは、白無垢姿の人影。銀糸が織り込まれた大きな綿帽子が、金の月光を吸い取ってキラキラと反射している。

「み……みやか。ああ、ああ、今日は十五日。やっとご間に合ったが！」

声が震えた。何度も何度も、最愛の娘から届いた手紙を読んだ。みやに惚れ込み、赴任地の深川屋敷に連れて行ってしまった黒沢家の武士は、身分など自分がどうにかすると言い切って、いち漁師だったこの父に頭を下げたのだ。だからあの日、娘を江戸にやる決心をした。それから、祝言を挙げる予定の知らせが来るのを、一年近く待ったのだ。

ようやく年が明けて、睦月に手紙が来た。婚礼は翌月十五日。大安だ。間に合うようにすぐに出立し、みやに会いに来たのに、しかしなぜだかうまく陸に上がれず困っていたのだ。

眼前の娘の口元には真っ赤な紅が引かれ、綿帽子にしまわれた髪は一糸乱れずキュッと後ろに結ってあった。目元は見えなかったが、花嫁は自分を父と呼んだ。

「父ちゃん。……海の怪物は、人間の肉は好きだけれど、着物や履き物は吐き出すんだがら。父ちゃんは下駄だけ海にほろってしまって、あとは怪物の胃の中に行ってしまっだがら、下駄だけでもおらに会いに来てくれたんだべ？」

　みやの言葉に、ズキンと頭が痛むような感じがした。不思議だ。視界はあるのに、足も手も見えない。頭にも触れられない。

「父ちゃん、もういいんだ。おら、お江戸で体壊して、なじょしても父ちゃんに会いに行げねかった。でも、父ちゃんが会いに来てくれた」

「みや、ああ、みや……。おめ、幸せか」

　岸辺に崩れ落ちた。花嫁もしゃがんで、寄り添う。また視界が涙で潤んできて、困る。この優しい娘はみやだ。間違いなくみやだろう。そう思うと、胸が締め付けられた。ようやく会えたのだ。

「幸せだ。心配かけで、すまね。あの日、最後の日に……おら、ボロボロ泣いちまって……。父ちゃん、不安にさせで」

　しかし、花嫁のその言葉に、はたと固まる。

　あの日。別れの日。

　最後かもしれないからと、囲炉裏のそばで娘に語りかけた夜。

　泣いていたのは、みやではない。

　父である自分一人だ。

　亡くなった妻に似て、一人娘のみやはしっかり者で、だからこそ心労を抱えやすい子だった。

　そんな彼女は最後まで、田舎に残る父を励まし、案じていたのである。

「おめ……誰だ……」

ふつふつと湧いてきたのは、怒り。騙された。騙されたのだ。必死に泳いできて、何度も岸に上がれずもがいてきたのに、この有様。

「嘘こぎは、地獄に落ちろ！」

ないと思っていたはずの両腕がぐわっと伸びる。しゃがんでいた花嫁の綿帽子を取り払ったとき、現れたのは見知らぬ顔。白いまつげに縁取られた薄茶色の瞳。つり目が、驚いたように見開かれていた。

「おめ、化け狐か!?　みやじゃぁねぇぇぇ！」

「先生、あぶねえっ」

「やめて、ひいお祖父様」

抜刀し、壁影から飛び出してきたのは黒い羽織を翻した夜次。彼は花嫁に扮した男の前にサッと立ち、刀を構えた。

それから、若い女性が一人かけてきた。黒髪で、すっと涼しそうな一重まぶたの下に大きな黒目があり、薄い唇を震わせている。

「そ、そこにいるのね、ひいお祖父様。私、黒沢のお美世です。お祖母様の、みやの孫です」

必死に言い募る彼女の顔を見た。面影に気づいた直後、脳裏に去来してきたのは幾多もの思い出だった。

たった一人しか生まれなかった、愛する我が子。何度も、手を引いて夕べの砂浜を歩いた。

働き者だった妻は、夜更けに網をつくっているときに倒れ、それきりだった。残されたみやをどうにか幸せにしてやらなくてはと頭を悩ませていたときに、青年が訪ねてきた。日に焼けた顔をした彼は、これから江戸に向かう大名に仕える武士だと言った。

「ああ、そっくりだ……。瓜二つだ、みや、みや……」

啖呵を切ったお美世には、ボロボロになったその男の姿は見えなかった。しかしはっきりと、今夜は血染めの下駄が見えた。お美世は、その下駄のある辺りに一歩一歩、震える足を叱咤しながら進めてこう言った。

「お祖母様が仙台藩に、故郷の村に宛てた手紙が、あるときから送り返されるようになったと聞きました。お祖母様は、お父様……あなた様に何事か起きたのではないかと、最期まで心配していらっしゃいましたっ……」

祖母の息子、つまりお美世の父に聞いたことである。夜次とともに父母に聞き込みをし、祖母と故郷の仙台藩について、知っていることを全て話してもらったのである。

運よく、二人の推測通りの大当たりであった。

それからぼんやりと、仮定の先に動機まで見えてきたのだ。

「私、お祖母様のこと、何も知らなかったの。武家の娘ですらなかったことだって、知らなかった。黒沢家で、漁師の家の出でたくさん苦労があったそうですが、私はこの家でそんな負い目なんて微塵も感じていません。きっとお祖母様が、みやお祖母様が頑張ったからよ……」

切々と、夜の川岸に言うお美世。

親元を離れることが嫌だ。さみしいからだ。

しかし自分の祖母は江戸に来て、働き、子を育て、年若くして死んだ。漁師の娘が武家に嫁ぐなど、異例のことだ。しかし、母親がおらず兄弟もない娘を案じた父の心中を思って、きっと、みやは決意したのだ。

それから一度も江戸には来ず、手紙も届かなくなった父。そんな、故郷にいるはずの父が気がかりで、黒沢家に娘が生まれたなら仙台藩に帰すようにと書き残し、亡くなった祖母。帰郷が叶わぬ自らの想いを託したつもりだったのだろう。

たった一人の娘に会うために、たとえその身を食われても、下駄だけしか浮世に残らずとも、深川までやってきた父の霊。

お美世にとって、初めて知ることばかりだったのだ。

「……泣くな。ああ、みやに似ているのはめんこい顔だけだな。泣き虫はおらに似たが……。んだけんども……。満足には違いねえ。ああ、みやは、ちゃんと家族をつくって……」

すう、と、一瞬顕現した男の体も、履いていた下駄も、薄く透けていく。昇ろうとしているのだ。娘のいる天に行こうとしているのだ。

永月が、小さく手を合わせる。「安らかに、悟りたまえかし」。その言葉はごく小声で、口の中にだけ満たすように呟く。梯子(はしご)のよう川面にかかる月光に導かれ、彼はもう迷うことはないだろう。

「………私、仙台藩に一度行きたい」

私の故郷でもあるのだもの。

お美世は高い如月の夜空を見上げ、そう言った。父娘は、巡りの末にどこかで再会するのだろうか。そうであれと願った。

「こんなに」

夜次が呟く。

「こんなに娘が心配なら、江戸になんて行かせなければよかったんじゃねえのか。その娘だって、武家に嫁ぐのは大変だったんだろ。この親子、すれ違ったままだ」

父の心配を取り除くために結婚した娘と、死してなお毎年仙台堀までやってくる父。並大抵ではない思いだ。

しかし、これに答えたのは永月だ。

「片親しかいない中、仙台藩で漁師の娘として暮らさせるよりも、江戸に行く武士の男に守られて生きた方が幸せだと判断したんでしょう。……自分の幸福よりも、他人の幸福を考えたいときだってありますよ」

「しかし我慢した分、辛くなるのは、結局、自分だろう」

「引き換えに自らが辛くなろうとも、幸福になってほしい人ができることもある。ときに、そういう相手を家族と呼ぶんでしょうね」

伏せられたその見えない目は、はるか昔、たった一人の妹とともに二人で暮らした短い日々を見ていた。

愛情深い父の魂も、これでようやく巡りに加わるのだろう。

以降、仙台堀に血染めの下駄が流れ着くことは一度もなかった。

・

「こんなにもらってどうするんだ」

「ずんだ餅でもつくるしかないでしょうねえ」

黒沢家は十分な依頼料を払ってくれたが、元はといえば血染めの下駄の一件で仙台藩の蔵屋敷から大金をもらっているのである。なので返金しに行ったら、今度は大量の仙台の名産品、枝豆をもらってしまったというわけである。

それを呪安寺に持って行って畳に広げて、皆に配ったものの、まだ一山余っていた。

「ま、みやさんのお気持ちも昇華させたようなものですしね。お美世さんは嫁に行かなくて済むようだし、めでたしですよ。めでたくないのは、私の矜持に深い傷がついたってことだけで」

「仕方なかっただろ、消去法だ。先生にしかできねえ仕事だった」

「褒めてないですからね、それ」

「わかったわかった。ずんだ餅、好きなだけつくってやるから」

「わーい」

「俺の分もあるんだろうな、夜次よ」

永月の機嫌を取っていたところ、太い声が背後からかかった。

夜次が背中を取られて気づかない相手など、この世に二人といない。

「し、は…………」

感じる圧に、筋肉が硬直した。背筋に冷たいものが駆け上がる。

嘘だろ、何で。帰還は夏ではなかったか。

夜次は座ったまま、固まりそうな首を叱咤して、なんとか見上げる。

そこにいたのは、夜次に劣らず長身の、そして鍛え上げられた体躯を持つ男。太く跳ね上がった眉、力強い鼻梁の鷲鼻。意志の強い、大きな瞳。来る前に髪結床に寄ったのだろうか、旅の後にもかかわらず、髷は身分のある者らしくすっきりとしていた。

腰には質実剛健の正国と年季の入った光世を差した、袴姿の剣士が立っていた。

柳生義宗。江戸柳生一族の当主で、柳生新陰流を継ぐ、祓い手らの剣術師範である。

「ヨシ！」

パッと満面の笑みを浮かべたのは永月。

「久しぶりですね、いつの間に帰ってきたんです⁉　おや、西国の薄味は合いませんでしたか。少し痩せたようだ」

「せ、先生。師範は先生が見えねえんだから」

「おう、イチがいるんだな。なあイチ。みんなに会いてえから、俺が帰ったと知らせてきちゃくんねえか。寺のみんなはお主が見えるんだろ」

飛び上がって喜ぶ永月が見えない義宗は、どっかりとあぐらをかいて夜次の横に座った。永月は「ええ〜私もヨシと話したいのに」とぶつくさ言いつつも、呪安寺の連中に声をかけに行ってしまった。

「息災か、夜次。また背ばっかり伸びやがって。食っても食っても、肉がおいつかねえようだなあ」

「し、師範も、元気で」

「おう、元気さ。あんなことがあっても、元気でいるしかできねえ。わかるだろ?」

ガッと肩に腕を回され、耳元でそう言われた。含みのある言葉に、夜次は下を向くことしかできない。ぎゅっと拳を握る。心臓がうるさい。

「鞠も一太も、呪穢に殺された。その呪穢を祈り届けてくれた友も、死んだ。それでも俺は元気だ。俺にはまだやることがあるから、元気でいるしかねえんだよ。……俺は、見る才能がねえから」

やること。

それは何なのだろう。

引っかかったけれど、夜次は聞けない。重い重い負い目が、夜次の体をがんじがらめにして縛り付けるからだ。

「深川の町が懐かしいな。幽霊橋でも、久しぶりに見に行くかな」

彼はわざとその言葉を選んだのだろう。

そこは、永月が死んだ場所だ。永月の吐いた血を吸った橋。飛び散った脳が川の下に滑り落ちた光景が、一瞬にして脳裏に蘇り、夜次は「う」と腹を抑えて着物を握りしめた。

「……俺は、死んだ友を偲ぶとき、因縁の深い場所に出向いたり墓参りに行ったりすることしかできない。たとえ鞠と一太がこの世に戻ってきても、それを見ることもできない」

肩をぐっと摑まれて、そう囁かれた。何が言いたいのだろう。この男は、自分に何を伝えようとしているのだろうか。

「なあ。もう一度会いたいって思うのは、おかしなことだと思うか」

「え……」

「見える奴には、そんなもん、関係ねえか」

ふ、とたたえられた凍りついてしまうような微笑み。そこには、憎しみ、悲しさ、そして羨望が浮かんでいるように感じられた。

「でもな、俺は見えねえ。見えねえってことは、会えないってことだ。……俺には、この世に引き摺り下ろしてでも会いたい奴らがいるんだよ」

ふっと視線をそらし、まっすぐに前を向いた彼を見て、鼓動が高鳴った。嫌な感じだ。汗が止まらない。

「なあ夜次。もしお主も、二度と会えない奴に会いたくて気が狂いそうになったら……。そのときは、俺に声をかけろ。教えてやる」

ゾッと怖気が走った。

死んだ人間は、決して生き返らない。その命は巡り、いずれ別の生を得るだけだ。なのに、彼は何を教えるというのだろう。

何か言わなければ。このまま話を終わらせてはいけない気がする。こういう第六感は侮ってはならない。

「俺は」

しかし、話はここで終わってしまった。

「しはーん、お帰りなさい！　突然だねえ」

「んっ、誰かと思えば姉貴の旦那の兄上の娘御どのか。さすが佐伯家のご令嬢、短髪も洒落て見える」

「もう、わざとそう呼ぶ。お涼でいいのに」

「あらあら、義宗さん。お早い帰郷で」

小走りでやってきたお涼と火炎を見比べ、義宗は笑った。いつもの顔だ。家族と友が生きていたときの、彼の笑顔に戻っていた。

「早めに片付いてな。宝蔵院の次期ご当主も無事に決まって、代理稽古の俺はようやくお役御免だ。奈良から足を伸ばして京も見て回ったが、いや〜、やっぱ西より江戸だ。それに槍より剣だな！」

「まあ、槍も扱えるくせに。でもうまくいったのなら何よりですわ。そうそう、久しぶりにお涼に稽古をつけてやってくださいな。この子、また強くなったのよ」

「ほお、火炎が言うのなら楽しみだ」

彼女らが来て、一気に夜次の緊張の糸が解けた。

あの日、義宗が見たこともない顔を夜次に向けたことは、夜次の他に誰も知らない。

(思い出すな、思い出すな思い出すな)

青い顔をした夜次は、よろよろと部屋を出た。こんな顔、永月に見られたら心配をかける。

だから、いけない。この、明るく温かな部屋に自分がいてはいけない。

そんな青年をちらりと見やったのは義宗。明らかに頬がこけた彼だが、旅で疲れたのだろうと周りのものは気にもとめていないようだった。

『もう一度会いたいって思うのは、おかしなことだと思うか』

先ほどの問いかけが、夜次の心にゆっくりゆっくり沈んでいく。

(おかしなことだと思うべきだ。でも本当は)

本当は、俺はどうしたいのだろう。

時は如月。弥生が来たら桜も咲く。

春の嵐が、深川の町をさらう日は遠くない。

幕間・失った男と得た男

享和三年の秋。永月がその身を失う五年ほど前のことである――。

夜明け前の本所深川のある通り。寝静まった町の流れ、小名木川のほとりで、闇に溶ける羽織をはためかせる影がひとつ。

少し離れたところで、ボンヤリと立っている二人は、ひょろっとした白髪の僧侶と、腰に二振り刀を差した偉丈夫(いじょうぶ)。坊主姿の方は、すぐ目の前で人ならざるものと戦っている祓い手をよそに、物思いにふけっていた。

――最近、犬を拾った。二十七歳の誕生日だった。

「くっ……義宗師範の、仇だ。この、祓い手の五助から逃げられると思うなよ」

――別に犬が好きなわけではない。ただ、目的のために必要だったから求めていたというだけの話だ。そこには愛玩の気持ちも、慈しみの気持ちも、何もない。愛を知らず、腹を空かせ、行き場のないその犬っころは、さぞかし支配しやすかろうと思ったのである。

「呪穢め、絶対に逃がさん！」

――前足を縛られ、玄関先に転がされた犬は、最初こそ怯(おび)えたようにしてこちらを睨(にら)みあげたものだが、名を聞いた途端にポカンという顔をした。名を知らないと、いろいろ困る。だから聞いたまでだったのだが、犬は間抜けな顔で驚いていた。

「くそ、すばしこい奴め。鞠さんと一太くんを呪い殺した罪、決して許さん！」

——名など無いと言い捨てた犬の目には、涙が浮かんでいた。犬も泣くのか、ふむ。と、物珍しい気持ちで眺めたのち、あの日、自分は手を叩いた。

「これで、とどめだぁ！」

——そういえば、朝が好きだったっけ。生まれ育った妓楼で唯一、朝から昼までだけが人間らが静かで、優しい物の怪たちと語らう時間を持てたから。

「やった。やったぞ、永月、頼めるか！」

——だから、その犬には朝にちなんだ名をつけた。しかし少々、困ったことがある。ただの犬だと思って拾ったそれなのに、最近どうにも……。

「……イチ。五助は、祓ったのか。俺の妻と子を取り殺した呪穢を」

ハッとした。隣にいた友が、ぽつりと呟いたからだ。物思いにふけっている場合ではない。仕事中である。

「ああ、ヨシは霊視ができないんですものね。ええ、斬ったようです。両断された呪穢が一体、転がっている気配がある」

不思議なことに霊視の力は視力とはかけ離れたところがつかさどっているらしい。白くぼやけた永月の視界に、はっきりと他と違う色があった。だから、すぐに理解した。仲間の祓い手は見事に因穢を始末したようだ。

「お疲れ様です、今行きますよ」

十五歳で祈り手として独り立ちしてから、特定の相棒は持たず、来るもの拒まず仕事を受けている。幾多の霊に祈り、幾多の呪穢を清め、そして人々を助けてきたが、自分の目的には、フミの気配には全く近づけていなかった。

気づけば、二十七年も生きてしまった。だから、少々やり口を変えることにしたのだ。そろそろ来る仕事を受けるだけでなく、自ら追うべきだろう。そのためには、使い勝手のいい、強く従順な祓い手が欲しかった。祈り手だけではどうにもならない。

「……安らかに、悟りたまえかし」

跪いて、音節に力が乗るように喉を絞り、経を唱えた。

呪穢は、呪穢に落ちてしまったその瞬間から、祈り手の言葉に導かれて天に行くまでずっと、とてつもない苦悶の中にある。

ならばフミは、いまだに苦しんでいることになる。十七年間、ずっとだ。早く見つけなくてはならない。そのためには、危険を顧みず、何でも言うことを聞く猟犬が必要なのだ。

「師範、やりましたよ。俺が斬ってやりました！」

「ああ。ありがとう……」

得意げな若い祓い手の青年と話す友の声を聞き、永月の中には、しんしんと冷たいものが降り積もった。とても、あの祓い手のようにこの状況を無邪気に喜ぶ気にはなれなかった。

（ほら、みろ。ヨシは少しも嬉しそうじゃない）

彼がどれだけ家族を愛し、人生の全てをかけていたかは、ずっと近くにいた永月がいちばんわかっていた。鞠に惚れたと言って毎日のように相談しにやってきた義宗。一太が生まれてからは、大好きな酒を飲みもせず、そそくさと隅田の向こうの屋敷に帰るようになった義宗。

（呪穢を祓っても、大事な人が帰ってくるわけじゃない）

当たり前だ。しかしそれゆえに、あまりに酷（ひど）すぎる現実だ。

（もうたくさんだ。私のせいで、唯一家族だったフミをあんな風にしてしまった。もっと愛して、さみしい思いをさせなかったなら、彼女は呪い穢れずにいられたのかもしれない）

生きる意味が、未来にひとつも無くなってから十七年。

過去の清算のためだけに、幽鬼のように浮世に漂う自分は、果たして生きている意味があるのだろうか。そんなことを考えても、詮ないことだとはわかっている。後悔と自責から逃れられるわけもない。

（あんな思い、二度としたくない……だから、もう。家族は不要だ）

家族なんてつくるから、喪（うしな）ったときに苦しむ。

義宗も、自分も、ばかだ。

「先に帰りますよ。寺への報告は任せます」

実感がないような様子で路上に立ち尽くす友と、戦いの後で興奮している祓い手。その二人に声をかけ、永月は踵（きびす）を返した。

もうすぐ夜明けだ。犬は早起きだが、自分の許しがないと餌も食わない。だから、帰らなくては。飢えられては困るのだ。

しかしそこに、思いもしなかった声が聞こえてきた。

「先生……」

今や聞き慣れた犬の鳴き声だった。家で寝ていろと命じたはずの犬がなぜかそこにいた。桜の季節に拾ってから、もう半年は経っているのだから、聞き間違える訳もなかった。

「こら、夜次。まだ日が昇る前ですよ、子供は寝ていないと」

ひやりと本性を隠す、仮面のような微笑みを浮かべた。

「ごめんなさい。でも今晩は大事な仕事だって言っていたから、俺、心配で」

「ふむ。君を捨てて、どこかに行ったりしませんよ」

「ち、ちがう！　そうじゃない。怪我でもしたらって」

そう、モジモジとしながらも一生懸命話す夜次の声に、思わず息を飲んだ。打算で引き取った相手から、思いがけず優しい言葉をかけられて、少し落ち着かない。

「そ、そしたら、祈ってるとこ、初めて見て……」

「それはそれは。怖かったでしょう、呪穢は」

問うと、夜次は一生懸命首を横に振った。

「俺、怖くなかった。それより」

「強がらなくていいのに」

「それより、すげえことが起きたんだよ！」

夜次の言っている意味がわからなかった。

「キラキラーって、お星様みたいに！　あの黒いの、斬られて痛くて苦しんでたのに静かになって、お空に昇っていって、ぶわあって広がって、ぱんって散っていって……」

　興奮気味の声に、永月は、ぐ、とひそかに拳を握った。

　黒い大きな瞳はきっと、それこそ星のように輝いているのだろう。

（この子の顔を……目の光を見られないのは、悔しいなぁ）

　そう思って、はたと気づく。

　今の感情は、犬畜生に抱くべきじゃない、と。

「先生の仕事、すっげえ綺麗だった」

　最近ようやく子供らしく肉がついてきたその小さな体に、思わず両腕を伸ばす。しかし、唇を噛んで思いとどまる。

「……なら、君もなりますか。呪祓師（じゅふつし）に。呪安寺の仲間に」

　永月は当初の目的通りの台詞（せりふ）を口にした。危険な仕事だ。死の淵へ誘うも同然の言葉だ。スラスラと言えて安堵し、すっと膝を伸ばして立ち上がった。ああ、今日も夜明けが近いなと、薄いまぶたの先が白んでいるのを感じた。

「絶対なる」

　なぜだ。なぜ、胸が苦しい。

「先生、海の向こうに日が出てきたよ！」

　深川は、海に面した江戸の外れ。この日も江戸でいちばん早くに、新しい朝を迎えた――。

・

遠くから猫が喧嘩をしている鳴き声がした。陽気に笑う酔っ払いが表を通り過ぎる声もあった。しかし、この夜の庭先は静かだ。綺麗に草抜きされた土にゴザを引いて、二人の男は淡々と酒を酌み交わしていた。義宗と永月だ。

「……にしても、いいのを拾ったな、イチ。夜次を家に置くようになってもう三年か」

「十三歳くらいになるのかな。ああ見えて器用なんですよ。家事をさせてもうまいし文句ひとつ言わない。文字を覚えるのも早かった。計算も、買い物に行かせたらすぐ覚えました。頭がいい子で」

「イチ。違う。そういう意味で言ったんじゃないのを、わかっているだろう」

調子よく話していたところを止められた。それは硬く、張り詰めた声だ。

梔子(くちなし)の木がざわめき、優しく薫る。妻と子を呪穢に奪われてから、この友はまた飲みに付き合ってくれるようになった。しかし、以前のようなおおらかで豪快な笑みを見せることはなくなった。

「近ごろ、思うんです」

「……」

友は黙っていてくれる。最大限の優しさだと思った。

「あの子は、夜次は、才能がある。霊視ができる。判断力もある。君の道場に預けてみたら、剣の腕がたつこともわかった。その剣に、自らの霊力を乗せることもできる。あの子は、祓い手としての才能の塊だ。けれど」

酒を煽った。粗悪な安酒だが、楽しむための酒ではないからちょうどいい。

「けれど、ほかにもあの子にできることは、たくさんある。未来は大きい。可能性は無限です。……私は、わからなくなってしまいました。そんなあの子を、こんな危険で、いつ命を失うともわからない仕事に……私の望みのために、使っていいのかと」

なんとか吐き出した。誰にも言って来なかったけれど、年々この気持ちは募るばかりだ。夜次が包丁で指を切るだけで、転んで膝を擦りむくだけで、とてもとても心配になる。

夜次と暮らし始めてから最初のうちは、いずれ使い捨てる犬だということを微塵も疑っていなかった。しかし、あの夜明け。義宗の家族を奪った因縁を祓った日、出口のない陰鬱な気分に陥っていた自分に、あの子は無邪気な声で「綺麗だった」と言った。

それからというもの、緩やかに始まった心の変化は止まってはくれなかった。

ふと思い立ち、以前なら寄りもしなかった八百屋に行った。魚屋に行き、適当に捕まえた女の幽霊に髪を切って渡し、新鮮そうなものを選んでもらったこともあった。寺子屋に聞き耳を立て、うまい教え方とかいうものを研究したこともあった。

むろん、数日で永月の全てが変わったわけではない。川上にあった固く尖った大きな石が、ゆっくりと、しかし着実に水に流され削られて、丸くつややかなものになっていくように。少しずつ少しずつ、生活が、生き方が変わっていったのだ。

妹を失ってからずっと変わることを拒みつづけていた自分をこんなにも変えてしまったあの

子を、戦場に投じていいのだろうか。

　その残酷な選択に、今の自分は耐えられるのだろうか。

「私しか頼るものがない彼を、壊れるまで使ってやろう。そう思って、いたのにっ……」

「どっちだ」

「ヨシ……」

「実の妹と拾った犬との、どっちが大事なんだ」

　この問いは、長い間、永月を苦しめることとなる。

　頭を抱え、ぐしゃっと顔にかかる前髪を握りしめて悶絶した。友は聞く。冷たい声だった。

「なあ、イチよ。お主はずっと妹のために生きてきた。妹のために視力までも失った。お主にとって妹は、全てをかけてもいいと思える存在なんだろう」

　肩を摑まれた。ものすごい力だ。見えない目を見開いたところで、真正面に向き直った義宗がこう言った。

「ならば、迷うな」

「よ、ヨシ……」

「迷うなよ、なあ、イチ。大事なものを救えるのなら、迷ってはいけない。妹と、夜次。お主の大事なものはどっちだ？　見誤るな。流されるな。一度決めたことはやり通せ。救うと決めたなら、救え。お主が歩んできた道は、そういうものだっただろう」

　ズシンと重く胃にのしかかる言葉だった。

「俺はもう、守りたくても守れねえ。救いたくても、救えねえんだ」

義宗の言葉は尤もだった。だから何も言えない。何も言わない永月にため息をつき、彼は立ち上がる。「また来る」と小さく言った義宗が門の方へ歩いていく。その際、一瞬びくりとのけぞった。様子を伺うような小さな影が、庭の端にあったからだ。

「し、師範。帰るのか？　厠に起きたら、言い争っているようだったから気になって」

「夜次にゃ関係ねえよ。よく食べて寝ろ。それだけ考えてりゃいい」

ぽん、と、大きく分厚い手のひらが夜次の頭に乗った。

シンとした庭先に、木々のざわめきだけが満ちる。

「先生、今の話……」

「聞こえていましたか」

夜次は聡い子だ。義宗の前ではとぼけてみせたのだろう。そして、永月にも気を使い、ブンブンと首を横に振った。

「きっ、聞いてねえ。大丈夫だ、俺は何も……」

しかし、その健気な言葉に耐えかねたのは逆に、永月の方だった。だから、永月は言った。妹の話を、訥々と語った。夜次はただ、庭に敷かれたゴザのそばに立ち尽くし、聞いていた。

「私のせいで、彼女は……フミは今も苦しんでいる」

夜次はただ、黙っていた。

いくら賢い子とはいえ、どうしていいのかわからないだろう。そう思って、パッと笑顔をつくり、子供の方を向いた。気にしないで、と言おうとしたそのときだった。

「俺が、俺がフミさんを見つけ出す」

拳が真っ白になるほどに堅く握りしめ、震える声で少年が言った。

「俺……もっと頑張るから。剣も、勉強も、全部。もう祓い手の仕事についてってもいいって言われてるから、明日からでもたくさん経験を積む。それで早く一人前になって、寺でいちばんの剣士になって、先生と仕事するっ……」

この子は、わかって言っている。

呪祓師が危険な仕事だということも、そして、永月が私情のために彼をその呪祓師になるよう仕向けたことも。

しかし、夜次は言い切った。

「先生、約束だ。俺が絶対フミさんと先生を会わせてやる」

その言葉は震えていた。けれど、力強いものだった。

ふと、夜次の姿に自分が重なった。フミを天に返すためならば、何を犠牲にしても良いと思っていた自分。しかしその固い決意は、夜次と出会って揺らいだ。この子を犠牲にすることをためらってしまったのだ。

(この子の気持ちは、きっと本物だ)

一度決めたなら、迷うな。友の言葉がチクチクと痛い。

(けれど、縛られるのは良くない。この子がこんな決意に縛られてしまっては、いずれ苦しむ

ときが来るかもしれない）

執着は、果たして本当の幸せを導くのだろうか。夜次と生きるようになってから、とみに思う。生きていれば、新しい出会いがある。思いもよらない心の変化があるのだ。

だから人は時として煩悶し、答えの出ない中でもがく羽目になる。

自分を思って本気で息巻く彼に、かける言葉が見つからない。過去の自分に何を言っても、きっと考えは変わらなかったろう。それと同じだ。

だから、言葉の代わりに夜次に腕を伸ばして抱きしめた。

父であり、父ではない。兄であり、兄でもない。けれど、この子は大事な家族だ。自分の人生の一部なのだ。

「私は、君が思うような大人じゃないよ」

「先生……」

「君は、自分のやりたいことをやりなさい」

抱きしめた子供に、そうとだけ言った。きっと夜次は、決意を新たにしてしまったことだろう。けれど、永月はこれ以上の言葉を持たない。なぜなら彼もまた、迷いのさ中にいるのだから。

どっちが大事なんだ。一度決めたことはやり通せ。救うと決めたなら、救え。

（そうやって割り切れたならば、格好よかったなあ）

剣ダコだらけの手が、きゅっと永月の袖を握ったのがわかった。

不思議の四
高橋の息杖

3・文化五年／梅雨
髙橋の息杖

雨が長く続き、ようやく晴れた日。

奉公先の江戸から、兄の勘吉、弟の善吉が揃って帰郷した。

家に足を踏み入れて早々のこと。きらりと何かが日光をはじき、勘吉が上を見た。それから、勘吉は目を瞠った。天井にあった蜘蛛の巣が、血色に染まっていたからだ。

「……ひでえよ、勘兄。切り捨てられただけじゃねえ、頭、何度も殴られてる」

善吉がそう呟くと、一歳上の兄も目線を下に向けてしゃがみこむ。両親の亡骸が古びた畳の上に転がっている。ぱっくりと斬られた首元から鮮血が吹き出し、梁の蜘蛛の巣まで飛び散ったのだろう。

ここ、信州は奈良井宿。全国有数の宿場町だ。

中山道を使う旅人はとても多く、その道中にある休息地が奈良井宿である。

兄弟はこの生まれ育った宿場町に帰着した途端、なぜか町の端まで迎えに来ていた番頭や女中らを発見した。彼らは一様に黙り込み、真っ青な顔をしていた。その理由は、母屋に到着してすぐにわかった。

主人と女将が侍に殺されたのだ。しかも、奉公先から子供たちが帰ってくるというその日に。

勘吉も善吉も知っていた。ごくたまに、運悪く理不尽な殺され方をする庶民がいることを。だが、家族が被害にあうとは思いもしていなかった。

「事の発端はなんだったか」

ポツリと勘吉が問う。

「出した食事が冷めていたとか、その程度のことです」

長く勤める女中頭が言い、番頭が大きなため息を吐いた。

年に何度か奈良井宿に投宿し、ここに飯だけを食いに来るその連中の顔を、主人も女将も使用人らも、そして息子二人も知っていた。身分をかさに着て態度が良い客ではなかったが、まさか殺しまでするとは誰も思っていなかった。

外がざわめいている。またどこぞの、旅のお大尽（だいじん）が通ったのだろう。

この奈良井宿で代々、旅籠屋「檜屋（ひのきや）」を営んでいた両親は仕事にすこぶる精を出していた。仕出し屋出身の母は料理上手だ。彼女の飯が美味いと評判を呼び、本来なら本陣だの脇本陣だのに宿泊するはずの大名やそのお付きの侍たちも、飯だけ食いにやってくるほどだったのだ。

『この檜屋を、奈良井宿一の宿にしてやろう』

父の口癖だった。

そんな両親の目標の足しになればと思って店を手伝い、成長してからは勉強も兼ねて江戸の大店（おおだな）に奉公に出て、兄弟共々よく働いた。貯めた金は宿の改修や増築に、いずれ宿を引き継ぐ子らのためにもと、投じられる予定だったのだ。

親子のささやかな夢は、ならず者のせいで、いとも簡単に崩れ去った。士農工商の身分の違いが当たり前の世の中で、疑うこともなくその制度を受け入れていたはずの二人の中に、初めて疑問が生まれた。

「……なぁ勘兄、あいつら大雨で何日も足止めくらってイラついてたんだろうがよ」

「おい」

憎しみを込めた善吉の言葉に、兄は慌てて制止の声をかける。

「だからといって、人の命を奪っていい理由がどこにある？」

「おい、善の言うこともそりゃわかる。しかしもう、連中は奈良井宿を出てしまっただろう。いくら顔を見たことがあるからって、見間違うかもしれねえ。それに俺たちがやるべきは、仇打ちじゃねえ。引き継ぐことだ。父ちゃんたちが叶えたかったことをやる。それだけだ」

復讐心に燃えた善吉をなんとか諌めようとする勘吉。音もなく泣いていた兄は、残された唯一の家族を、外道へとなり果てさせるわけにはいかないと思っていた。

「善、あまり母ちゃんたちを見るな。お前、気分を悪くして、昔みたいな病弱に戻ったらどうすんだ。母ちゃんが一生懸命うまい飯をつくってくれたおかげで、善は健康に育った。俺は、お前をもう、病気がちだったころみたいな目にはあわせたくないよ」

善吉は、一歳しか年の違わぬ過保護な兄の言葉にため息をつき、表に出て行った。兄の言い分は尤もだった。今でこそ病気とは無縁だが、幼いころはこの兄にずいぶん守ってもらった恩があるのだ。

部屋に残された勘吉は、奥歯を噛みしめる。

呪穢(じゅえ)というものを聞いたことがある。きっと、こんな気持ちを味わったものたちが、その外道に落ちるのだろう。そんなものにはなりたくない。人でありながら悪鬼の如く振る舞う塵どものために、そんなものにはなりたくない。

「でも、宿を引き継ぐっていったって、どうすればいい。俺たちは母ちゃんみたいにうまい飯を出せない。飯は檜屋の売りだ。普通の宿になっちまったら、前みたいに檜屋に客が入ることはなくなる」

そう一人ごちて、勘吉は考えた。

(江戸に出ていた俺たち兄弟よりも、いまや番頭と女中頭の方が檜屋をやるのに向いている)

金を稼がねば、改装も何もできない。どうしたものかと思ったとき、ふと、もう一度大きな蜘蛛の巣が目に入る。

(今すぐに俺たちにできること。効率よく金を稼ぐこと……)

閃(ひらめ)いた。

弟の善吉がいる。同じ目的を持った人間が二人いる。年のころは十七、八。子供時代と打って変わって、今は彼にも十分な体力がある。六十余里離れた江戸に行くのも慣れっこだ。

表に出た。雨上がりの日差しが目に痛く、視線を地面の方にそらす。それから、やや早口で思いつきを弟に話した。

「なあ。俺たちでクモにならねえか」

「クモ。っていうことは江戸に行く可能性もあるってことだよな」

「ああ。でも、江戸に行って仇を見つけようってわけじゃねえ。もし見つけたって、殺しなんかしねえけどな」

弟は小さく肯いた。彼自身、己に抑えがたい衝動が腹の奥底にあることはわかっていたが、必死に必死に押し込めたようだ。

そんな弟の様子を見て、兄もまた自分に言い聞かせる。

殺したら、同じになっちまう――。

・

文化五年のことである。深川では凶事が続き、呪安寺の面々は絶えず現場に駆り出され、大怪我を負って帰ってくるものも少なくなかった。

一年前の文化四年、葉月。盆の時期。八幡祭りの日に一橋家の鈴姫が嫁ぎ、永代橋が落ち、多くの人が死んだ。その数一千と数百名。それに引きずられるように、その後数ヶ月間、呪穢になりかけの怨念未練が湧きに湧き、呪祓師らは後始末に奔走することになった。

ようやくそれらをある程度片付けた、翌文化五年の弥生の末。今度は、季節外れの大雨のせいで、隅田の川が大氾濫を起こした。千の救援船が出動し三千人を引き上げたが、数多の死者を出した大水である。

江戸、とりわけ深川と大水の因縁は深く、後に徳川幕府初代征夷大将軍となる家康公が寒村同然だった江戸にやってきたときまで遡る。江戸に転封となった家康が見たのは、湿地帯のような関東平野。その地を流れる利根川、入間川、隅田川の流れは一様に激しく、少しでも雨が長引くと、それらは簡単に溢れ周辺の村を襲った。この地を安全な市街地にするには、治水が鍵であったのである。

さて、世界中を見渡してみても、治水の大原則は変わらない。

狙いすましたある場所で、意図的に水を溢れさせるのだ。そうすれば、その一点だけが必要な犠牲となり、予期せぬ氾濫は起こらなくなる。

隅田川は、江戸市中に各地からの物資を運ぶための大事な水路であった。だから、埋めるわけにもいかないし、利根川のように周囲を掘削（くっさく）して水路を大幅に変えるわけにもいかない。

そこで結局、どこかで水を溢れさせようという算段になったのである。

家康が注目したのは、千年以上の歴史があった浅草寺。水害に悪戦苦闘してきた江戸の地で、それほど長い間流されずにいた浅草寺一帯ならば、地盤が安全に違いない。ならば、浅草寺を治水の拠点にすれば良いのではなかろうか。

結果的に、その読みは正解だった。

浅草寺から堤防を伸ばし、隅田の溢れ出た水、つまりは洪水を川の東に誘導する。そうすれば、隅田川の西に位置する江戸の主要な地域は助かる。その上、寺一帯は地盤がしっかりしているから、その堤防が危うくなることもない。

隅田の東は犠牲になるが、江戸全体から見ればごく小さな犠牲だ。理にかなった考えだった。

その後、日本中の大名が集められ、彼らから労働力や資金を調達し、堤防は完成。夜次（やじ）や永月（えいげつ）

が深川の町を歩くようになるより遥か昔、西暦でいう、一六二〇年ごろのことである。日本中から工事のために人を集めたそこは「日本堤」と名付けられ、江戸が東京と名を変えた時代にも、きっちりと残っているのである。

　そんな歴史があるがゆえに、隅田の東、しかも河口に隣接した深川の町には、どうしようもなく大水が起きるのだ。

　こういった事情で、この儚い町では、定期的にたくさんの人が亡くなる。その分、悪質な呪穢が現れる確率も上がる。いわずと、霊障の類も増えゆくのだ。

　呪穢であろうとなかろうと、斬って祈ってその場を綺麗にしなくてはならない。人々の悲しみや恐れに乗じて何かをやらかそうとする妖もいるわけで、呪祓師らはそれらの対処もしなくてはならないのだった。

　そんな、大変な仕事が立て込んでいたときだったから、呪安寺には、一個人からの依頼に振り向けられる人員はほとんどいなかった。基本的に仕事を断らざるを得ない状況ではあった。

　しかし、今度ばかりはそうも言っていられない。

　弥生にあった大水からほんの三ヶ月後の、毎日曇り空が続く梅雨真っ只中の水無月。

　呪安寺で最も豪奢な部屋の中央で、一人の侍が頭を下げていた。

「こちらが、田安徳川家がご当主、徳川斉匡様直々の文でござる。どうか竜頑坊どの、永月坊どの、この通り、この通り」

　この通りも何も、呪安寺に拒否権などなかった。

御三卿のひとつに数えられる、田安家。八代将軍徳川吉宗の次男を祖とする名門中の名門に依頼されて、断れる仕事などあるわけがない。竜頭と、同席していた永月は悟っていた。

　文を読まずとも、説明を聞かずとも、仕事の見当はついている。

「面をお上げくだされ、遣いの方。伺うに及びませぬ。わしも、ここ深川の皆も、無論知っております大屋敷。小名木川のそばに、田安殿のお屋敷が御座いますな」

「左様」

「そこからほど近い、小名木川にかかる髙橋で、頭部を殴られた遺体が立て続けに三体も発見された。加えて先日、川底からは、白骨が二人分。我々も、馴染みの同心から聞き及んでおりまする。それがどうにも、人の仕業でないようなことも」

「左様。あのあたりはもとより、寺院の墓地に囲まれているがゆえに、女子供は寄りつかぬ。しかし、深川の屋敷におわす斉匡さまのご側室が、気味が悪くて夜も眠れぬとおっしゃるのだ」

　もちろん江戸のご城下にも、田安家のれっきとした上屋敷がある。しかしそこに立入れるのは正室だけなのだろう。だからわざわざ、側室らはそこから離れた屋敷に暮らすことになる。

「夜中、橋からコツコツと音がするともおっしゃる。ご側室だけではない、かく言う私も聞いたことがあるのです。あの墓地が近い橋を夜に渡るものなど、化け物以外おらぬはず」

　そのコツコツという音は、何も田安家の屋敷だけから報告されているわけではない。何人かの町人も聞いたと、噂になったことがあった。

「音が聞こえ始めてからすぐ、一人死にましたね。そのときは、大水対応の合間を縫って、火炎が向かったと聞きます。例の新顔の、佐伯の娘も伴って。けれど、不思議なほどに何も出てこなく、因穢がわからなかったと。たしかに嫌な気配はしたそうですが、姿を現さないからにはどうしようもないと言っていましたねえ」

永月は考えるそぶりを見せるが、疲労の色が濃い。そのときすでに、永代橋だの大水だのの処理に追われ、呪安寺は髙橋にかまっていられなくなっていた。

「だからこそ、改めて御依頼申上げているのだ。一度呪祓師が向かって何もなかった場所よりも、すぐに解決できる事件を優先なさる道理はわかっている。しかし髙橋に、幽霊橋などという縁起でもない呼び名までついた。看過するわけには」

「いいや、なにもわしらはお断り申し上げようとしておるのではありませぬ。ただ、祓い手連中の手が足りぬのです。今すぐにとは……」

「俺がやる」

たん、と音を立てて襖が開いた。

姿を現したのは、若い男だ。背が高く面立ちもしっかりしているが、十五の彼には、少年と青年の間のあどけなさがあった。黒い羽織は新品で、血痕も土汚れもないように見えた。

「永月どの、この者は？」

「失礼いたしました。私の養い子で、夜次というものです。これ、夜次。突然乱入するだなんて失礼ですよ。私と竜頑様で大事なお客様のお相手をすると言っておいたでしょう。あなた、例の大水の仕事を手伝いに行ったのではないのですか？」

「ふん。呪穢になりかけだった霊が三つあったが、全部俺が斬った」

自信ありげに息を吐き、青年は言った。

「雑魚だ、俺の敵じゃあねえ。信介も三郎も、もう俺は祓い手として独り立ちできるって言ってくれた」

その得意げな表情は、精緻に整った顔に見合わず、親に褒められたい少年のようだ。

「邪魔するぜ。なあ、俺もそう思うよ、イチ」

「其方、柳生新陰流の……」

続けて顔を出したのは、義宗だ。使いの侍が驚いて呟く。

「俺は霊視はできねえが、この夜次が今や結構な腕前なのはわかる。複数を相手取っても、その立ち回りは申し分ない。そろそろ、頃合いだと思うが」

「先生、まだ駄目か」

「っ……」

伺うような夜次の言葉に、永月が詰まる。そんな彼の様子を見てひそかに驚いていたのは、竜頑だ。

永月が変だ。

夜次が一日も早く祓い手として自立し、永月の「猟犬」となることが望むところではなかったのだろうか。

「ふむ、わしも」

「ダメです」

義宗と夜次に賛同しようとした竜頑の言葉に、動揺を隠すように氷月が静かに声をかぶせる。いつもどこか飄々（ひょうひょう）としている彼の表情は、固く張り詰めていた。ひんやりと湿った梅雨の部屋にいながら、うっすら頬に汗もかいていた。

「夜次、君はたしかに強くなりました。しかし、一人で呪穢に相対したことはありません」

「だから、先生。いつまでたっても手伝いのままじゃラチがあかねえだろう」

「ならば、もっと簡単な仕事から始めるべきです。幽霊橋の下手人が呪穢だとしたら、最悪五人も殺していることになる。強敵です」

「同じ新顔のお涼は行ったじゃねえか！」

「そのときは一人しか犠牲者が出ていなかった」

「なんだよ、そんときはまだ川底から骨二体が見つかってなかったってだけの話だろ」

「はあ。聞き分けなさい。時は今じゃないって言っているんですよ」

「そこの祈り手どのは、田安徳川家の頼みを断り、身内をお庇（かば）いになるのか？」

見苦しい言い争いに一石を投じたのは、唯一寺の部外者である使いの武士。事の成り行きを察した彼は、一刻も早く幽霊橋の事件をどうにかしなくてはならない使命を負っている。だからこそ、田安家の名という最強の札を再び切ってみせたのである。

「申し訳ございませぬ」

かしらが間髪入れずそう謝罪して、ようやく永月は我に返った。

「もしかしたら、フミさんかもしれない」

ポツリと夜次が言う。そのせいで、永月は余計心が重くなる。

(どちらが大事なんだ、か)

義宗のかつての問いが脳裏を占める。何としても彼女を救いたいという感情が溢れ出し、夜次への心配を隅に追いやりそうになった。

「そこの小生意気な祓い手は、夜次と申す者。年若いが、才能はわしが見てきた中でもなかなか。今すぐに動ける者はこやつしかいないが、よろしいか」

「願ってもない。斉匡様にお伝えいたしまする」

老人の言葉に、もう一度、依頼人は頭を下げた。やはり先ほどの怒りは演技だったようだ。一同の中で、夜次だけが希望に打ち震えていた。ようやく、ようやく一人前になれると思っていたのだ。しかしその期待は、すぐに砕かれることとなる。

・

「は?　おかしくないですか」

深川の同心番所で亀彦の話を聞いた永月の最初のセリフがこれだった。眼前には地図と、二つの骨壷。それを囲むように座る、夜次、永月、亀彦に鶴太郎。

「おお、何がだ」

亀彦が眉(まゆ)を上げて聞いた。いつも事前の調査はおざなりで、出番が来るまでおとなしくしているのが永月だった。しかし今回は珍しく、必死に紙魚に手伝ってもらって資料をなぞり読んでいた。

「遺体はそんなにすぐには骨にはなりません」

「そりゃ、そうだな」

「川底の白骨は、物の見事に肉がなかった。少なくとも一年は前に亡くなった人のものじゃないでしょうか？」

「そうだろうな、検分にあたった医者もそう言っていたよ」

「対して、橋の上に転がってた、頭を殴られた遺体。全部男で、みんな刀を差していた……つまりは武士です。皐月に三体見つかったとのことですので、白骨二体よりも後に死んでいると」

「おめえ、祈り手の坊主。もっとはっきりものを言えやい。なら、骨二体と殴られた仏さんたちは、全くの無関係だってえのか？」

「てめ、口の聞き方……」

亀彦の子分である鶴太郎は、なぜだか永月と夜次に突っかかってくる。イラっときたのであろう夜次が応戦しようとしたのを察し、永月は首根っこあたりの襟を掴んで制止した。

やはりこの子は、まだまだ子供だ。

「いや、そうとまでは言ってないですよ。ただ、わからないと言ってるんです。それに、頭を殴られた侍の死体三人分は、本当ならその傷だけじゃ死なないはずですから明らかに呪穢にとり殺されたんだろうとわかります」

土葬される直前の、三人目の遺体だけは確かめることができた。そこには明らかな残穢があった。呪祓師には黒い靄のように見えるのだ。それは永月の目にも同じである。しかし、骨壷に納められた白骨からは何も感じなかったのだ。

「時期もずれてるし、死に様も違う。でも、あの幽霊橋にあったわけだから、無関係と断じるのは危険です。三人殺してる呪穢なのか、五人殺してる呪穢なのかでも、手強さは違うでしょう。……おや亀、何をヒソヒソと」

永月は不機嫌さを隠さず聞いた。永月がうんうん唸って頭を回しているというのに、亀彦は夜次と何やら耳打ちしていたのだ。

「冷血漢でも、我が子が関わるとこんなにまともな対応するんだなあってな。亀彦おじちゃん驚いちゃったよ」

「張っ倒しますよ」

たしかに、らしくないとはわかっていた。

しかし、夜次の「初陣」は寺の人員に余裕があり、いつでも救援を頼めるときに合わせたかった。落橋と大水のせいで毎日出ずっぱりで、幾多の霊やら無念やら狐狸妖怪やらをなんとかしている仲間たちは、これ以上仕事を増やせないだろう。

それにもし、相手が本当にフミだったなら、自分は冷静でいられるだろうか。ただでさえ非戦闘員である自分が、超初心者の夜次に迷惑をかけないとも言い切れない。

だから、何でも良かった。せめて情報だけは揃えておきたかったのだ。

亀彦が伸びかけのひげを擦り、指を折りながら言った。

「それで、この幽霊橋で今までに起きた事件も洗ったさ。古い順に、女が強盗に襲われた、子供が川へ落ちた、ならず者の武士に町人が切り捨てられたこともあるな、それから、ああまた子供が落ちてる。たしかこの後に、橋の柵を高くつくり直した」

「しかし、これらの遺体は全て上がっていますねえ。身元もはっきりしているし、葬儀もあったようだ。というより、この江戸に住んでいる人間で浮浪者でないのなら、大概は遺体はきちんと埋葬されますし。お骨さん二人、どこの方なのでしょう」

慎重な態度の永月の呟きに、しぶしぶ夜次も考えた。彼の言う通り、浮浪者か。それとも……。

「昔の俺みてえに、地方から来たばっかりのやつは江戸に身元がわかるような知り合いが居ねえんじゃねえか。もしくは行商人。行商じゃなくても、飛脚とか荷運びとか、江戸と地方を結ぶ仕事をしてるやつ」

案外、鋭い指摘だった。

「ああなるほど、それはたしかにそうですねえ」

「後の手がかりは、不可解な音だな。コツコツってだけ聞いても、何が何やら」

夜次が言った。

「亀彦ォ、客だ！」

しかしいいところで、大声に邪魔された。亀彦の同僚の同心だ。

「取り込み中だ！」

「つっても、田安殿の使いだぞ！」

田安徳川家。その家名に、いち早く反応したのは永月である。

「お通しください！」

歌うような声は、張り上げればよく通る。そうして、一同が膝を突き合わせていた部屋に通されたのは、袴姿の侍一人と、その後ろで真っ青な顔をした、これまた武士の男であった。

手前の方が言った。声が大きい。

「俺は三好家の全次郎と申すもの。これは異母兄の官一郎だ。……すまぬ。急ぎの話があったゆえ、主人の名前を出したが、田安様とはなんら関係ない相談事だ」

対して、奥の怯（おび）え顔の侍は小さく言った。

「邪魔をして申し訳ない」

こちらの、気が弱そうなのが兄だろう。

「なあんだ。我々は田安殿からご依頼を承っているから、何か新しいご用事かと思ったのですが……」

永月が苦笑しながら言った。

「こっちゃ忙しいんだよ。よほど大事な急用なんだろうな」

夜次も続いた。それから二人は、はたと気がついた顔をし、同時に言った。

「兄弟で声が似ていますね」

「兄弟で顔が似ているな」

二人揃って仕事をするのは初めてのはずなのに、さすが五年も同じ釜の飯を食っているので息はピッタリだな、と亀彦は感心した。

しかし、次の瞬間。

思いもよらなかった武士二人の行動に、一同は目を疑った。

「大変、大変申し訳ないことをしたっ。このわしの兄者、官一郎が下手人だ。このたび小名木の川中から上がったご遺体は、兄者が昨年手にかけた者なのだ」

真っ青の方、つまりは兄のちょんまげ頭を弟がガッと摑み、二人同時に土下座した。武士がである。しかも、いくら下っ端そうだとはいえ、田安徳川家に仕える者らが。その上、弟の全次郎が兄の官一郎の頭を押さえつけている。とんでもない光景である。

「うわ、お侍が土下座なんて初めて見た」

夜次が言う。一瞬だけ、ぎっと弟の方に睨まれた。夜次は目を丸くしたが、全次郎はすぐに我に返ったらしい。またその頭が下がる。

「ちょっ……待って待って、待ってくださいな。とりあえずお顔をあげてください。そもそも、お侍さんの殺しは罪に問われないでしょう。苗字帯刀に加え、切り捨て御免は武士の特権。皆知っていますよ」

「いいや、いいやそれでも、人を殺すのは人の道にもとるもの。弟として恥ずかしいことこの上ない。刀を持たぬ雲助を、二人も」

よほど興奮しているのか、申し訳ないという気持ちの現れなのか、この全次郎と名乗った侍はずっと大声であった。

雲助とは、駕籠の担ぎ手の俗称だ。正式には、大名らの乗る高級駕籠を担ぐものを駕籠者、庶民から下っ端侍の乗る駕籠を担ぐものを駕籠かきと呼んだ。そして今、文化五年の江戸では皆、駕籠屋全般を雲助と気軽に呼ぶ。

「殿様が、呪安寺にご依頼なされたと聞いて、我ら三好の兄弟は血の気が引いてござる。官一郎が犯した罪が人の手で明るみになる前に、潔く告白しようと参った次第。しかし、誓って言うが、ここ最近の三度の人死には兄者の手によるものではない。そうだろう？」

「あ、ああ……。殺したのは、川の中から見つかった二人だけだ……」

息巻く弟の諸々の無礼を咎めることもなく、情けなく眉を下げて官一郎が言った。

(この全次郎の兄に対する無礼な態度は……。そうか、わざわざ異母兄だと言っていたから、弟の方が正妻の子供なのでしょうかね)

しかし、土下座したまま震えている臆病者が果たして、横暴に庶民を殺すのだろうか？　と、永月は違和感を抱く。

(何か、殺しに理由があったんでしょうか)

「お骨の正体は駕籠かき二人だって？　何やら一挙に解決しそうだな」

事の成り行きを見ていた亀彦は言った。夜次が続く。

「初仕事だから、神様が幸運を恵んでくれたのかもな。早く斬っちまおうぜ」

すっかり事件解決のめどがついたかのような空気のその部屋で、永月一人がスッキリできないでいる。何かが引っかかる。それが何かはわからない。

(この兄弟、本当に声が似ている。聞き間違えてしまいそうなほどです。顔も似てるようですしねえ。武士なんてものは、一人二人くらいの庶民を斬ろうがどこ吹く風だろうに……)

本当に彼らの話を信じて良いものか、どうにも確信が持てなかったが、とりあえずは他に選択肢はなかった。

(何事も起きないといいですが……)

・

墓に囲まれた真っ暗な道を歩く、二人の呪祓師。

傍(かたわ)らには小名木川。昼は運河として賑わっているが、こんな真夜中に人はいない。

「夜次や。ちょいと調べたんですがね、雲助とはよく言ったもので、元は蜘蛛助って書いたそうですよ」

「ふうん。それがなんだ?」

「宿場町の外れで駕籠かきらが、徒歩(かち)で旅に行けない客を待ちかまえてるんですって。それか、金がありそうな客を。大概はきちんとした駕籠の担ぎ手ですが、法外の値段をふっかけ、道中で金を脅し取る者らもいるそうです」

「へえ」

「ま、いいカモを待ちかまえるその様子が、蜘蛛が巣を張って獲物を待ちかまえているようだと。だから蜘蛛助。昔は駕籠屋の蔑称だったみたいですよ」

「なるほどなあ。それが転じて雲助と」

「……ねえやっぱり、あの侍兄弟の話を信じるにしてもです。お客から金を脅し取ってた蜘蛛助連中が、一体何を恨んで呪穢になったのか、見えてこないのが不気味なんですが」

田安家に仕えていると語る下っ端侍二人から顚末を聞いた二人は、早速仕事に移った。

主家たる田安家から信州方面への遣いを命じられた兄の官一郎が、復路、奈良井宿で体力の限界を感じ、安駕籠に乗って江戸に帰ってきた。しかし乗ったそれは悪質なぼったくり駕籠で、いわゆる蜘蛛助が駕籠かきであった。武士のくせに臆病者な官一郎は、『金を出せ』と刃物をチラつかせられると震え上がってしまい、思わず刀を抜いてもみ合いになった末、二人の駕籠かきを殺してしまったというのだ。

「骨の二人、この幽霊橋で何人もの客から金を奪っていた可能性すらあるな。いい商売だ」

「どうでしょうねえ。客が町人ならばともかく、武士ならば駕籠かき風情の脅しに屈して金を差し出したなんて、醜聞でしかない。だから同心やら主人やらに訴えたりもできない」

さらには江戸者でないからこそ、急に姿を消しても騒ぎにならなかったのだろう。

(筋が通ってるっていえば、通ってますけど。うーん、信じてよかったんでしょうか)

昨年の神無月(かんなづき)に殺し、駕籠は証拠隠滅のために隅田川に放り込んだ、と洗いざらい話した武士二人は捕縛するわけにもいかず、なんとか帰ってもらった。

「呪穢に落ちるまでの期間は、魂によるんだろ。去年の神無月に死んでからいよいよ怨念が溜まって、最近になって武士連中を殺すようになった。だから、女の火炎とお涼が行ったときは姿を現さなかった。なんもおかしくねえよ」

「でも、この世になんの恨みがあるっていうんだろうね。カモだと思った侍から金を取れず殺されたからってだけで、呪穢になるかしらね……。自分らの方が、駕籠の客から恨まれてそうなものですのに」

　しつこい永月に、夜次は面倒そうにため息をついた。

「先生いつもは、さっさと現場に祓い手けしかけて斬らせて終わりなくせに、なんでまた今度はそんなにこだわるんだ」

　他の寺の連中から、永月の雑な仕事ぶりは聞いていた。因穢の正体が追い求めているものでないとわかった段階で、明らかに消極的になるのだと。

　なのに今度はどうだ。まるで手取り足取りだ。よほど、自分を信用していないと見える。夜次はそう思い、苛立（いらだ）った。

「先生、俺のことをまだ幼いと思うのは勝手だが、あんたこそ気をつけろよ」

「私みたいなのは、殺しても死なない奴っていうんですよ」

「ふん、俺も大丈夫だ」

　信頼されていないのが悔しくて、夜次は意気込む。

（俺がちゃんと使えるってこと、わからせてやる）

今回のものは、フミではないだろう。しかし初仕事だ。きちんと完遂して、永月を安心させてやりたい。

「見えたぞ、幽霊橋……もとい、髙橋だ」

さらさらと流れる川のせせらぎに紛れて、コツ、コツと不気味な音がする。

「先生はそこの木のあたりに控えていろ。向こうのほうに何かいるの、見えるんだろ？」

「ええ。一体。駕籠かきは二人ですから、てっきり二体かと思っていましたが、どうやら一体だけらしい」

橋に近づくにつれて速まる音。橋桁(はしげた)を叩くような軽い音。

コツコツ、コッコッ、ココッ……。

「ああでも、強いヤツは気配を隠せますから、一概に一体だとは」

「ちょっと待てよ」

ブツブツ言う永月の言葉を聞かず、夜次は考えた。殺された蜘蛛助。駕籠かきが持つものといえば、駕籠以外に何があるだろうか。

「わかった。この音は息杖(いきづえ)だ」

噂通りの音だ。ようやく思い至った正体は、駕籠かきが持つ杖代わりの長い棒の音である。

永月にはまだ色々と腑に落ちないことがあるようだ。

しかし、仕事はひとつだ。目の前の呪穢を斬ればいい。

やはり、自分は運がいいのかもしれない。調査一日めで、無事に因穢と邂逅(かいこう)できそうなのだ。

「行ってくる」

音を立てずに駆け出した。あと二歩も踏み込めば、小さな橋に入る。幽霊橋だ。腰を低くして、手首の力を抜いて抜刀しかける。はっきりと視認できた。雨雲のような靄の中に、駕籠かきが一人。息杖で橋を打ち鳴らしているそいつは無音で寄ってきた夜次に気がついていないようで、背中を向けたまま。

おかしい。最低三人も殺しているのならば、こんなにも油断だらけなわけがない。

しかし体を止めるわけにはいかない。

抜刀する流れのまま下から上に刀を振り抜き、見事、右切り上げをした……はずなのだが。

小さなうめき声を上げて倒れる呪穢。たしかに、へばりついた怨念未練の化身、黒い何かが剥がれゆき、刀傷の間から本来あるべき姿が現れ始めている。

「これで終わりか……」

あまりに手応えがなかった。三人も殺している呪穢ならば、もっと重くていいはずだろう。いくら初心者の夜次でも、それはわかる。

夜次はかがんで、斬られた痛みにもがく彼に顔を近づけた。

そのときだった。バチっと眼前で花火のようなものが弾け、脳に、見たことのないはずの情景が流れ込んでくるのを感じた。

「なんだ、これ、気持ちわりぃっ」

斬った呪穢の走馬灯。ごく稀に、感じ易すぎる祓い手が見ることがあるというそれは、色鮮やかに夜次の目の前に広がり、否応なしに頭に流れ込んできた。

「うっ………」

旅籠屋の台所で米を炊く母のすがた。江戸に向かう山道の木陰。帰郷。殺された両親。兄になだめられ、復讐心を押し込めた――。

まさか自分が、こんなにも呪穢の未練を感じ取ってしまう方だとは予想していなかった。

「く、そ」

体がうまく動かない。ものの数秒のことなのだろうが、雪崩のように押し寄せる景色と生々しい感情が止まらない。受け止めきれない。

意識を飲まれかけ、今しがた斬った呪穢の感情が移り、夜次の頬につうと涙が流れる。

ああ、最愛の二人が殺されて悲しかった。しかし、店を使用人に任せて、できることをしようと決めた。そうして兄と二人、駕籠かきになったのだ。

「あ、あ、あぁ……親の……仇……！」

客からは、決して不当な額の金を取らなかった。しかし真面目に働いていたのに、ある日、折り悪く駕籠に乗ってきたのは、親を殺した侍。何度か檜屋に飯を食いにきた、横暴な男だ。

本当は、指定された深川の田安屋敷まで我慢して我慢して我慢して、送り届けるはずだった。しかし、できなかった。

『なぜ、俺たちの父と母を殺した』

人通りのない深夜の髙橋で駕籠を下ろし、そう聞いた。しかし、男はぽかんとしてこう言ったのだ。

『お、俺が、人殺し？　するわけがない』

厚顔無恥にもほどがある。カッとなって、懐にあった短刀を手に取った。

『善、駄目だ！』

兄の焦った声がした瞬間突き飛ばされ、一瞬視界がなくなる。次の瞬間に見たのは、侍に素手で摑みかかろうとした兄と、その一拍後に、バッサリと切り捨てられたその姿。

『勘兄！』

仇を見つけても、殺してはいけない。

そう言った兄は弟の手を、血で染めさせないように、また守ってくれたのだ。そのせいで、兄まで死んだ。善吉さえ我慢して、この客を素知らぬ顔で田安様のお屋敷まで届けたなら、こんなことは起きなかった。情けない悲鳴をあげて、前後不覚の様子の侍が善吉にまで斬りかかる。こんな奴に一家全員殺されるのか、と、最期を悟った瞬間気がついた。

「親の仇は、こいつじゃねえ……」

そうだ、顔も声も本当によく似てはいるけれど、こんなにオドオドした奴じゃない。もっと横柄で、声がでかくて。やっと過ちを悟った瞬間には、善吉ももう、事切れていた。

「仇は、こいつによく似た……」

夜次がボソボソと呟く。

まだ夜次は自覚していなかった。強い感情に当てられたせいで、身体中に侵食してくる呪穢の記憶、感情、未練に飲まれつつあったことを。

だから、背後にもう一体。

今斬ったものとは比べ物にならないほどの邪気があったことにも、気がつけずにいた。

「っ……夜次。何をしてる！」

どろっと粘度のある感情の渦に心を取られていた夜次の耳に、まっすぐな光線のような声が刺さる。

永月だ。意識が、過去からこの場に引き戻された。

まずい。ここは幽霊橋。仕事の最中に、とんだ失態だ。

「せんせっ……」

振り返る。刀を握り直す。彼が駆け寄ってきているのがわかり、なんとか遠ざけようとしたのだ。

しかし、視界がまだぼんやりしていて気持ちが悪い。返り血を浴びた蜘蛛の巣が、いまだ、まるで自分の記憶かのように頭にあった。

「夜次、危ない！」

「いっ……」

尻餅をついた。永月に突き飛ばされたのだ。さっき見た呪穢の記憶と重なって、血の気が引いた。見慣れた後ろ姿が、何重にもブレて見える。呼吸が荒く、脳に酸素が回っていないからだ。

　永月が今しがた姿を現したもう一体に頭を殴られて、血が飛んだのを見た。傷口に向かって呪穢が真っ黒い手を伸ばし、ガッと頭を摑んで持ち上げて、永月の体を浮かせて言った。

「お前も」

「き……み、やはり、まだ実戦は早かっ……」

「善と両親の仇じゃないなあ」

「夜、次……逃げ……」

　くぐもった声とかすれた声。

「くそ、立てねえ、なんでっ……」

　初めて呪穢を一体斬った疲労。その彼の記憶や恨みを浴びた困惑。初戦での緊張。三人殺した呪穢の強烈な圧に負けていること。それらすべてが、未熟な夜次が腰を抜かしても当然の状況をつくっていた。

　永月の体にまとわりついていく黒い影は大蛇のように体を締め付け、殴りつけた頭の傷から体内に入り込んでいく。内側から呪い穢し、魂を絡め取るのだ。

　最初はもがくように動いていた永月の足がやがて震えだし、だらんと四肢が脱力する。

　それから静かに手を離されて、橋の上に永月がどさりと落ちた。ものの数秒のことだった。

「先生」

　キン、と長い長い耳鳴りがした。

「嘘だろ」

霊視のできるその目には、永月の頭の傷口から、腐っていくように中身がどろっと溶けていくように見えた。永月の体を見下ろす夜次の頭上で、冷たい声が言った。

「親の仇でも、殺したらそいつらと同じになっちまう。けれど――善に人殺しをさせるくらいなら、俺がやる。そう決めていた」

しかし結局、生きているうちには仇は見つからず、自分たち兄弟まで武士に斬って殺された。まるで野良猫か何かのように。

気がついたときには、この髙橋に縛られ、憎しみを募らせるだけの存在になってしまった。

「夜、次……しっかり、なさ……」

ほとんど音をなさない声。それが、最期だった。

息も、脈も、確かめずともわかる。さっきまでそこにあった、生きた人間の魂が、パッと消えてしまった。亡骸に残るのは、焦げ跡のような呪い穢れのみ。残穢だ。

先生が死んだ。

自分をかばって、死んだ。

そこからは、記憶にない。

気がついたら、この刀で斬り伏せたらしい呪穢が二つ橋の上に転がって、聞くに耐えないうめき声をあげていた。祈り届けられずに放置された彼らはさぞ辛かろう。

橋の勾配に沿って、うつぶせに倒れた袈裟の男。他の犠牲者と同様に頭を狙われた彼の頭蓋が割れ、中身が血と混じって、ずるずると小名木川に落ちていく。

朝日が昇るころ、呆然と橋の中央にへたり込む夜次の姿がそこにあった。町人らが野次馬となって囲み、同心がすっ飛んできて、続いて呪祓師連中もやってきたが、夜次はとても口をきけなかった。

(なんで、俺は、まだ息をしている)

永月と出会う前ですら、毎日毎日辛くても、明日も生きていたいとは思っていた。

(先生が死んだのに、俺は……)

そんな自分が、生きていることを疑問に感じる日が来るだなんて、今の今まで、考えたこともなかった——。

・

幽霊橋の息杖の正体は、侍に親を殺された駕籠かきの兄弟だった。兄の勘吉と弟の善吉だ。加えて、駕籠かきの兄弟とその両親を殺した侍が二人。三好官一郎と、弟の全次郎。役者は以上だ。

道徳者の仮面を被(かぶ)り、その実たいそうな権威主義者だった全次郎。彼が宿場町の町人夫婦を殺したせいで、駕籠かきの兄弟から親の仇だと勘違いされた官一郎。官一郎は、全次郎と顔や声がよく似ていたことが運の尽きだった。駕籠かきの兄弟から人殺しだと詰め寄られ、動転した挙句に、深夜の髙橋でその駕籠かき二人を殺してしまったのだ。

檜屋の主人と女将を殺した弟の全次郎は、名門田安家の従者から除名されるのを恐れ、いち早く官一郎を下手人として名乗り出させ、同心や呪祓師からの心証をよくしておこうと画策したのだった。

事の顚末は臆病そうな兄の方が洗いざらい白状した。彼は初めて訪れた奈良井宿からの途上で、親の仇だと勘違いされてしまったのである。官一郎は身に覚えのない殺しの疑いをかけられ、思わず駕籠かきの二人を手にかけたことを全次郎に相談し、初めて実の弟が宿屋の夫婦を手にかけていたのだと知ったという。

事の次第は、するすると全てが明らかになった。

しかし夜次だけは、言葉を失ったままだった。

永月が亡くなり、もう五日が経っていた。

「夜次、お主に暇を与える。期間は……まあいいか」

家までやってきた竜頏の言葉に、頰の肉が落ちた青年が、こく、と肯く。

葬式をした。家族のない永月の体は、同じく家族がなかった呪祓師たちと共同の墓に埋葬された。呪安寺は墓を持たないから、別の寺だ。もはやそこがどこだったかすら、夜次は思い出せない。

なぜだか、一度も涙が出なかった。

暗い部屋は、じっとりと濡れたように重かった。

このひどい顔色をした青年は、もしかしたら死ぬかもしれない。そう予感した竜頏は、言葉を選ぼうとして、見つからず、再び口を閉ざす。

「……ああ、そういえば」

踵を返した竜頑はピタッと立ち止まり、夜次に背を向けたまま言った。

「奈良から、義宗が急ぎ帰ってきているそうじゃ。無理もない。あやつらは、幼いころから仲が良かったから」

ざり、ざり、と、老人の草履の音が遠のいていった。

夜次は思考を巡らせる。

葬式に間に合わなかった永月の友だが、大枚をはたいて早駕籠か船に乗ったのだろう。

そして、いずれ知るのだ。

(俺のせいで、先生が死んだって)

取り返しのつかない失態に今更気がついても、叱ってくれる男は、夜次の隣にはもういない。


後日。

泣けない夜次のために天が大泣きしているかのようだったその日、義宗はこの家を訪ね、燃え盛る憎悪を押さえつけ、血が滴るまで唇を噛み、そして一言も言わずに去っていった。

恐ろしかった。殺されると思った。

そしてそれ以上に、あのような憎しみを抱かれてなお、この世で素知らぬ顔で呼吸をし続けることが、恐ろしかった。

死んでしまおう。

もう生きている意味がない。

恩を返したかった相手すら、自分のせいでこの世からいなくなってしまったのだから。

あの痩せの大食いのために何度も握ってきた包丁に手を伸ばす。

薄壁一枚向こうに響き渡る雨音。水滴を穿たれた庭の土の匂いが、やけに鼻についた。

・

(ん……雨と、梔子……)

まずはじめに、意識が浮上した。そして、匂いと潜む物の怪の気配で、ここが我が家だと理解した。背中の感触で、畳の上に寝転んでいるのだともわかった。

(屋根裏に家鳴り鬼が二匹、土間に一匹……。ん、垢舐めの気配もする。夜次め、風呂桶の掃除を怠りましたね)

ぱち、と目を開けた。

しかし、広がるのは見慣れた白濁色の世界だ。

(死んで戻ってきたら、視力も仕切り直されて元どおり……なんて美味しい話は、なかったわけですか)

不思議なくらいに頭が冴えていた。痛みを感じる間も無く、ボソボソと二、三言だけ夜次に小言を残してから、自分はたしかに死んだ。はっきり覚えている。

(……志半ばで死んだからなんでしょうねえ。我ながら、自分の女々しさにあっぱれだ)

フミには全く近づけないまま、うっかり死んでしまった。別に後悔はないつもりだったが、結果はこうである。バッチリとこの世に未練があったというわけだ。

（さて、夜次は……。おや、いる。台所に気配がある）

彼は、自分一人のために料理をする子ではない。それに、食材の匂いもしない。しかし嫌な予感が体を満たしていった。

（あの子、まさか）

ガバッと起き上がった。肉体がないので起き抜けのふらつきがない。便利だ。どうやら部屋着用の着流しを着ているらしい。焦った様子の家鳴りの小鬼が永月の着物の袖を引いた。台所に急ぐ。

「夜次や、何をつくるつもりです」

返事がない。聞こえていないようだ。

まさか。包丁でも握っているのではあるまいか。自分が死んだら、よりにもよって夜次を庇って死んだなら、あの子はどんなことを考えるだろう。予想するのも恐ろしかった。

霊となったこの体で、彼に触れられるだろうか。それも人によるのだ。どうか触れられますように。そう祈った。

「夜次、こら。この私の言葉を無視するとは、いい度胸ですね」

肩に触れた。よかった。

「！」

驚いた様子の夜次は肩を跳ねさせて、そして弾かれたように振り向く。やっと気づいてくれたようだ。

「っ……ァ」

短く切れた息の音がして、わかった。この子はもしかしたら、声が出なくなってしまったのかもしれないと。

触れた肩を伝って、夜次の手元を確かめた。

(やっぱり)

あったのは、彼が使い慣れた包丁。兼定の柄は、冷たい手汗でじっとりと濡れていた。

何をしようとしていたのかわかってしまった。

ゆっくりと息を吸って、大きく吐いた。

そして、いつもの調子で言った。

「野菜を忘れていますよ。あとで一緒に八百屋に行きましょう」

「っェ……せ……」

「今夜はひんやりしそうだし、あったかいものがいいですねえ。どうせこれからばかみたいに暑くなるんですから、思い切ってお鍋でもしましょうか」

「あ、ァ……な、ん……」

懸命に喉から声を絞り出そうとする夜次の真横に立ち、固く包丁を握り締めた両手の指を一本一本といていく。二度とこんな決意をしませんようにと、祈りを込めながら、震える指先を両手で懸命に剥がしていく。力が強い。でも、負けてはいられない。

「やることが山積みだね、夜次。ご飯食べたら寺に行って、帰還の挨拶をしなくては」

「なん、で」

「だから言ったでしょう。私みたいなのは、殺されても死なないって」

「俺っ」

「うわ。刃物は突然手を離すんもんじゃないですよ」

声を取り戻した夜次の両手から力が抜け、包丁が床に転がった。大雨に負けず劣らず泣き出した青年は、今度は別の原因で声が出なくなってしまったようだ。

夜次の嗚咽(おえつ)を聴きながら、永月は安心した。

さっきまでの夜次に必要だったもの。それは、「生きろ」の言葉でもなく、「死ぬな」でもない。叱責でも励ましでもない。

安堵と、日常だ。

もう大丈夫。君は、生きていて良い。必要以上に自分を責めることはない。失ったと思っていたものは、ここにあるのだから。

失敗したことに気づけただけで、立派なのだから。

この子はまだまだ子供だと思っていたけれど、きっとこれで、大きくなるだろう。

「ああ、もう。そんなに泣くと、目が取れますよ」

雨粒の間に落ちたその声にあるのは、呆れだけではない。

自分も、義宗も、ばかだ。

家族なんてつくるから、苦しむことになる。なのに性懲りも無く伴走者を求めて、慈しんでしまう。

以前は悲壮な気持ちでそう思い、悔いたが、今は違う。

（私の人生に、フミがいてよかった。その上、この子にも出会えた。恵まれていますよ、全く）

彼らのせいで、苦しい。けれどそれ以上に、彼らがいるからまだ生きていたいと心から思える。死んでなお、ここにいたいと思えるのは、果たして不幸なことだろうか。

（ヨシ、私はお前みたいにはなれないよ。実の妹と拾った犬のどちらが大事なのか、答えは両方だ。選べない）

ようやく、己の中で解を得た。ひとつに決められなくてもいいし、気持ちは変わってもいい。

（一度決めたことを貫いた方が格好いいんでしょうけど、私はそこまで強くないですし）

だって、人間なのだから。

（人は人である限り変化をするもの。大事なものは増えたり減ったりする。もし、ずっとずっと昏く哀しい感情にとらわれたらそのときは……）

そのときは、悪しきものになってしまうかもしれない。

「夜次や、私たちをつないでいるのは損得の計算じゃないんです。家族なんだから。だからね、あんまり一生懸命に、私に恩返しをしようとしなくてもいいんです」

「家族……？」

夜次はやはりその意味がよくわからなかったようで、涙を止められないまま首を傾げた。

今はいいか、と諦め、永月は笑った。

「ま、ともかく。よく頑張りました」

その日、永月は、夜次が泣き止むまでいつまでも、いつまでも一緒に台所に立っていた。

「大丈夫。もう大丈夫ですから」

泣き声と反比例するように、地面を叩く水音は、緩やかに柔くなっていった。


この幽霊橋の一件をもって、夜次の中に残っていた少年のような気配は消え失せ、永月は仕事の相棒と、抱えていた矛盾の答えを得た。

胸が張り裂けんばかりの経験を経て急速に大人にならざるを得なかった青年は、半年後の師走、永代橋に立った。そして、八幡山で出会った少女の答えに胸打たれ、仙台堀で父娘の情を目の当たりにし、ある男の問いかけの答えが見つからずに苦悶した。

それから迎える、文化六年の春。

桜舞う季節の中で夜次は、もがき苦しんだ男の幕切れを目の当たりにすることとなる。

不思議の五、六
閻魔堂橋恨みの縄
木場の錆槍

5・文化六年／春
閻魔堂橋恨みの縄／木場の錆槍

「本当に、お主はそれで良いのか？」

そう問うてきた声があまりに沈痛なものだったので、男は思わず笑ってしまった。

ピタリと絵筆を止めた。冷え性の足先を、座っている羽毛布団の中に引き戻し、しばらくクツクツと肩を震わせる。

それから絵具皿に筆を置き、初めて男の方を見た。

「何を今更。頼んでいるのは私の方だよ」

掠（かす）れて醜い声だ。日に日に増していく肺や喉の異音にまた心を痛めたのか、眼前の武士は膝をついた畳の目の方に目線をうろつかせた。

「……しかし、生前の鞠（まり）もお主の絵をいっとう気に入っていた。他の支持者も多いんじゃ」

「あなたも、他と同じことを言うのか」

冷えた一言に、男は口を閉ざした。豪気そうな見た目と新陰流の後継者という肩書きに反し、少々繊細な男だ。

「いや、なに。豊春（とよはる）師匠も、他の歌川の絵描きどもも、勿体（もったい）ないなどとほざくのでね」

「……」

「先に逝った妻も『できれば貴方には生きていてほしい』なんて、首をくくる直前に言っていたよ。まったく、とんだ呪いだ。結局、心中もできずに私だけ生き残ってしまっ……ゲホっ、ゴホっ……う、み、水をっ……」

薄い着物越しにすら骨の浮いた様子がわかる背中。上体を極限まで丸め、布団に倒れこむようにうずくまる。骨ばかりになった右手をうろつかせると、慌てた様子の男が竹でできた水差しからぬるま湯を注いで手渡してくれた。

「っ……、はあっ、んっ……。こんなに、こんなになってまでね、生きてくれだなんて、みんな言うんだ。みんな、私の都合なんて考えちゃいないのさっ……んっ、ゲホっ」

「悪かった」

分厚い手に薄い背をさすられる。この体のせいで、激昂したつもりが細々と文句を垂れるだけになってしまった。物を言うのが難しいから絵筆をとっただけの話なのに、周囲は皆、画聖だの天才だの、歌川豊春の一番弟子だのはやし立てた。

三十年余り付き合ってきた肺病は、生への意欲を削ぎに削いだ。

「私はね、もう生きていたくないんだ。だから妻を巻き込んで、心中してもらったのに、私だけ助かった。死にたいくらいに辛い病気も治らない。なのに、皆、私から自死の自由をも奪ったんだよ」

この部屋には、刃物はもとより、鋭く割れる可能性のある陶器もない。破片で自害されたら困ると、ここに「保護」した歌川豊春師匠は考えたのだろう。

絵の具すら、飲んで死なないようにと、日にごく少量しか手渡されない。そこまでして生きてほしいかと呆れてしまった。

「なあ、私は文字通り、救われたくてあなたに頼むんだよ」

再び絵筆をとる。何も考えずとも、手は動く。これを才能だと呼ぶやつらは能天気だ。だって、絵なんか描かなくても心身が安定して生きていけるのなら、それに越したことはないのだから。

「だから、あなたが気に病む必要はない」

「……けれど、お主。食われたら最後」

「巡れない。魂が、次の生を得られない。ことわりから外れて、永遠にこれっきり。だろう？」

少しは見える方なので、百鬼夜行図などというものを描いたこともある。だから、知ってはいるし信じてもいる。魂は巡るもの。人は死後、輪廻のことわりに則って次の生を得る。

「なあ。あなたは覚悟したんだろう。己の望みのためには、巡れなくても良いと」

「……」

「私も、同じさ。まあ私の場合は、巡りなんてどうでもいいんだ」

ふ、と息を吐く。

筆は、画中の女性の方へ。妻だ。

「人は巡っても、全く同じに生まれるわけではない。私は二度と、私になれない。私は私のまま健康な体に生まれて、今度もお紀代と夫婦になって、普通の明るい生を送りたかったんだけれど、叶わないらしいしね。だから、巡って生まれ変わっても意味はないんだよ」

あの日、閻魔堂橋（えんまどうばし）で先に逝った妻は、どんな気持ちで心中に付き合ってくれたのだろう。優しい人だった。歌川一門に入る前『苦しいなら、無理に絵を生業（なりわい）になどしなくてもいい』と言ってくれた唯一の人だった。

「こんな状況なのに、さっさと死ねるだなんて千載一遇の好機だ。それに……次の生を得たお紀代が間違っても来世の私なんかと出会わないように、巡りからも外れられるだなんて」

「しかし痛いかもしれない。痛くはしないとあいつは言っていたけれど、でも信じられるかどうか」

「ふふ、あなたは優しい男だ。己の欲に忠実な割に、他人への情も深い。そんなんじゃ、この浮世は辛いだろう」

私は死にたい。そしてこの男は、献上できる魂を集めている。

利害が一致しているのに、なぜこの男は苦しむのだろうか。

「……あとどれくらい続くかわからないこの病よりも辛いことなんて、この世にはないよ」

カタ、と、斜めに絵を支えていた木枠から絵を外す。

「だから、鬼にでも閻魔（えんま）にでも……私の命を売ってくれ」

この部屋に、自害に使える道具はひとつもない。あるのは、布団、水差し、絵の具、それから絵。

部屋中に散乱した絵、絵、絵。全て、同じものが描かれている。

深川の閻魔堂橋欄干にぶら下がった首吊り縄。

そこに首をかけた女性が、恨めしそうに画家を見ていた——。

・

画名・歌川秋照。享年三十五。

深川は万年町にある火消しの頭の息子だったがひどい肺病を患い、家を継ぐわけにいかなかった彼に、歌川一門の始祖である豊春が声をかけ、一躍有名になった天才だ。

そんな彼が妻と心中を図り、一人助かったのは一昨年。あの永代橋が落ちて、大騒ぎになった年だ。秋照は妻と二人、万年町から黒江町に至る閻魔堂橋の欄干に、首吊り縄を吊るしていた。普段なら人っ子一人いない明け方に通りかかった歌川の門弟の手によって、間一髪で保護された形だ。騒ぎを知った豊春は、心中の罪に問われるはずの秋照を庇った。得意先でもあった町奉行に、賄賂と絵画を送ったのだ。

以降秋照は、豊春が保有していた赤坂田町の屋敷に、療養という建前で密かに隔離されてきた。はっきりと引かない線、鮮やかというよりかは一定の彩度に統一された、不思議な絵を描く画家だった。彼の筆致に惚れ込んだ者は、それは多かった。

「私のせいだわ。……秋照様が急に亡くなるだなんて」

「お喜乃、お前が気に病むことじゃねえよ」

歌川の名の由来でもある芝宇田川町に、豊春がかつて居住した屋敷があった。そこで歌川一門が開いた告別式には、秋照の生前の作品がずらりと並んでいる。

　夜半にもかかわらず、屋敷には多くの人が詰めかけている。別れの席だが酒も振る舞われ、歌川の羽振りの良さをうかがわせる空間だ。

　そこに招かれたのは、秋照の身内や一門の弟子、太客らだけでない。彼の死の直前に深く関わった、深川の呪祓師らの姿もあった。

「でも、私が秋照さんを怒らせたから、死期が早まってしまったのかもしれない。お医者様はあと数年は大丈夫だろうって言っていたのでしょう？　なのに、なぜこんなに突然……」

静かに両手で顔を覆った少女の横には、黒い羽織の青年。それと、笠を深く被った僧侶の霊。

慰めようにも、言葉がうまくない夜次は困ってしまった。今度の事件は多くの人が死んだわけでもなく、おそらく呪穢の仕業でもないだろうということで、呪祓師を志す少女に仕事を見学させるにはうってつけだと思ったのだが、この有様である。

「お喜乃ちゃん。私たちの仕事は、秋照さんの命を永らえさせることではない」

少女のそばにしゃがみ込み、見えない蜂蜜色の目で、永月は泣く彼女を下から覗き込む。

「私たちはあくまで、閻魔堂橋に繰り返し出現する首吊り縄をどうにか祓ってほしいという依頼を受けただけです」

　静かに語る永月。その口調に、夜次は昔を思い出す。それこそ、自分がお喜乃と同じくらいの年齢だったころ、この男は、まるで兄か寺子屋の先生のように、噛み砕いた言葉でさまざまな道理を教えてくれた。

「結果的に、もうあのあたりに首吊り縄の幻影が出ることはないだろう。歌川秋照。どうやらこっち側の才能もあったようだが、画聖と言われるだけある。絵筆に霊力が乗ってしまったんだろうな」

依頼主は、歌川豊春。かつては豊後の臼杵藩で御用絵師を務めた男で、今は言わずと知れた、江戸随一の浮世絵画家だ。

初めてその弟子の秋照と面会したとき、思わず夜次は「うわっ」と声を上げてしまったのを覚えている。十畳ほどの部屋の中央に、敷きっぱなしと思しき布団。やせ細った画家の周りを囲む、何十枚もの同じ絵。

閻魔堂橋の欄干に縄をかけ、苦しみ呻きながらこちらに視線を投げかける女性の絵だ。妻の絵しか描かなくなっている、そうとしか聞いてなかったので、その異様な空間に面食らってしまったのだった。

しかし、同行したお喜乃は終始シャンとしていた。まだ十二歳だというのに、しっかりとした正座を崩すことなく、こちらを見もしない画家に向かい、こう頼んだのだ。

『歌川秋照様。どうか、その絵を描かれるのをおやめくださいませ。あなた様のお力があまりに強いので、どれだけ斬っても祓っても、閻魔堂橋の欄干にあの日の縄が二つほど化けて出てしまうのです』

正攻法といえば正攻法だが、そう申し出るのがためらわれるほどに、その場の空気は異質だった。サッサッという迷いのない筆の音と、ヒューヒューと鳴る肺の音。そこに、切り込まんばかりに割って入った少女の声。

『あなたのお気持ちの強さは、こちらも推して測れるもの。しかし、亡くなった奥様も、こんなことを望んでいるとは思いませぬ』

『何も知らぬ小娘が私の妻を語るな』

冷徹な声だった。筆を握りしめ、震えながらやせ細った男が言い、さしものお喜乃もおし黙った。彼女の強さはあまりに正しくて、時に人の逆鱗に触れるかもしれない。そう理解していた夜次は、すかさず助け船を出した。

『……騒がしくして、すまねえ。けれど俺たちも仕事でやってんだ。どうか、せめて別の絵を描くだけでもいい。閻魔堂橋付近の、ちっとでも見えちまう町民が困っているんだ。見えねえやつらにも噂が広まって、女子供なんかもうあの辺を歩けねえと』

しかし、火に油だったようだ。男はこちらを向き、言った。

『私はっ……。私はね、いつも、いつもいつも、世間様の都合に従って生きてきた。穀潰し（ごくつぶ）の私を見捨てずに育ててくれた親に金を返すために歌川の門下に入ったし、描きたくもない錦絵も描いた。効く薬もないのに、息をするだけで辛いのに、毎日吸って吐いてを繰り返したんだよ。なのにあなたたちは、私から最後の自由も奪い取ったんだ。死んで自分で自分を救うことも許されなくなったのに、今度は、この絵を描くのをやめろだって？　ふざけるな、ふざけっ……う、ヴっ……ぇほっ、ゲホっ』

発作は治まらず、控えていた医師を呼ぶまでになり、二度と来るなと言われてしまった。このたった一度の面会が、最後の面会になってしまったのだ。

「どうあれ、彼の考えは、彼の人生あってのこと。それに立ち入る権利は、誰の手にもない。私たちには、彼の苦しみなんて理解できないんですから」

「なんにせよ、もう閻魔堂橋に縄が出ることはないだろう。なあお喜乃。俺たちはある意味、始末をつけたともいえるんだ」

潔癖でまっすぐで、それから稀有な強さを持った彼女はまだ幼い。夜次は今でこそ秋照の言を否定する気にはならないが、幽霊橋の一件以前の自分なら違ったろう。

「それでも、私……生きていた方がよかったのにって……」

きっと、彼女自身が色々な経験をしていくしかないのだろう。清濁の清しか持ち得ない無垢さは失われるかもしれないが、濁の心に寄り添う力も必要な仕事だ。

「お嬢さん、そう泣きなさるな。秋照は神仏に愛された才能の持ち主だったが、同時に命に呪われていたようなもの。お嬢さんのせいじゃないよ、病で死んだのだから」

そう声をかけてきた老人は、まるで恵比寿天のような細い目をしている。ふくよかで、おそらく竜頑坊と似たような歳のころだろうが、印象は随分違う。

今度の依頼主、歌川豊春だ。

「あの子は私の〝豊〟という字を要らぬとつっぱねるほど、己の世界を持っていた。他の門弟と明らかに異なる画風もわしは好く思った。わしなりに、あの子の異才に敬意を払って、季節の巡った〝秋〟を授けたが、それすら煩わしかったのかもしれぬ」

特別な待遇を用意してでも手元に置きたかった才能は、もうこの世に無い。

「すでに弟子の体は火葬されてしまった。遺体を燃やすなんて、と思ったけれどね、あの子の遺言でもあったから。さ、お骨に挨拶してくれないか」

「は、い……」

鼻をすすりながら、お喜乃は花に飾られた骨壷の方に歩みゆく。その後ろを守るように永月がついていき、夜次に気遣わしげな視線をよこした。可愛がっている子供の涙ひとつ止められない夜次の困った気持ちを察してくれているのだろう。

「せっかくだしな……」

絵に興味は薄いが、遺作でも目に焼き付けておくかと夜次も広い部屋の人の海の中で一歩踏み出した。しかし。

(なんか少し、変な臭いがしないか)

ともすれば消えてしまいそうなほど、ほんのわずかに感じるくらいだが、何とも言えない臭いだ。しかしそれを探る前に、ピキリと体が固まる。

ごった返す人々の中に、見知った人影を見つけたからだ。

「師範、なんで……」

呟きは無論、彼には届いていない。

秋照の代表作のひとつ「大江山図」の前に立っている義宗(よしむね)。

その姿を見るのは随分久々だ。奈良の出張稽古に呼ばれる前は毎日のように深川に顔を出していたのだが、そういえば最近はあまり呪安寺にも来ていない。

　声をかけるべきか迷った。あの日以来、夜次は彼のことが苦手だった。

　しかし、永月がいない今は、好機でもある。永月は知らない。きっと義宗が夜次を憎んでいることも、夜次が義宗に相対するときに、罪悪感でがんじがらめになってしまうことも、知らないのだ。

（隠しごとは、気が引けるが）

　永月に、これ以上の心労をかけたくはない。だからなるべく、三人がかち合うのを避けたかった。

　今のうちに挨拶しておくべきだろう。そう判じて、夜次は近寄った。息が詰まる。鼓動のせいで呼吸がしづらい。しかし、話しかけなくては。

「師範の道場にも、歌川秋照の絵があったな」

「や、夜次か」

　後ろから小声で話しかけたせいかもしれない。義宗は大きく肩を跳ねさせ、驚いた様子で振り返る。その顔を見た瞬間、やはり頰がこけたままだと気がついたが、指摘する隙はなかった。

義宗はわずかに上から夜次を見下ろして、早口に言った。

「柳生家は彼の絵をいくつか買ったことがある。それに鞠も、妻も歌川一門じゃ秋照の絵がもっとも好きだと言っていたのでな。お主は……ああそうか、人から聞いている。閻魔堂橋の縄の件は、お主とイチが請け負ったのだったな」

「結局、こんな幕切れになったが」

うつむき、そう返した夜次。画家はなぜだか、医師の宣告よりもかなり早くに急死してしまった。

しかし、そんな夜次に向けられた義宗の言葉は意外なものであった。

「そんな顔をするな、今度のはお主のせいじゃなかろうよ」

「え」

ぱっ、と顔を上げたときには、義宗の大きな手で視界が埋まって、頭に触れられていると気づいた次の瞬間にはその手は離れていってしまっていた。

まるで昔のようだ。まだ幼く、彼の道場の門弟だったころ。……親友を死なせた罪を責められる前のような。

しかし、ぬるい春風のようなぬくもりから一転、ひとつの問いかけが冷たい声音で夜次に降りかかった。

「なあ夜次。もし、もしもだ。イチが天に帰った後。誰かの命と引き換えに、イチとまた会えるって言われたなら、お主はどうする」

（なぜ、そんなことを聞く）

わからない。どのような答えが正解か、わからない。

なぜなら現に、永月と過ごす時間が長くあれと願っている自分がいるからだ。しかし、永月の望みを叶えてやりたいと思っている自分も嘘ではない。……それでも彼が消えた後、自分はどんな心地になるのだろう。

「差し出してえと思うか、他人の命を」

「そんなことをしても、先生は怒るだろう。それは、俺の身勝手な気持ちにすぎないからな」

なんとかそう絞り出す。目を見て言えない。早口になる。なぜなら、これは、心の底から出た本当の言葉ではない。お喜乃の受け売りにすぎないからだ。

そんな夜次の返答に、「ふ」とため息とも笑いともつかない吐息をこぼした男は、踵（きびす）を返した。

「……じゃあな」

義宗が、ついぞどんな顔で頭に触れてきていたのかわからないままだった。思わず、慌てて声を掛けた。

「し、師範。今日も寺には寄らねえのかっ」

ピタ、と背を向けたまま、義宗は立ち止まった。

そして、言った。

「俺にはやることがある。……イチによろしく」

屋敷に集まった人に紛れていくその背中が、いやに頼りなく小さく見えたのは気のせいだろうか。少し痩せた気がする、少し顔色が悪い気がする。たしかにたったそれだけなのだけれど、言葉に表せない嫌な予感がして胸がざわつく。

「みんなは何も思わねえのかな」

ポツリと呟いて、夜次はふと思い至った。

きっと自分だけなのだ。義宗を過剰に意識し、気にしてしまうのは。だって彼は、夜次以外の人には決して、強い憎悪の感情をむき出しにぶつけたりはしていない。かつて永月と庭の梔子（くちなし）のそばで飲み交わしたときの激しい言葉だって、親友への心配がさせたことだったろう。

皆自然とどこかで、義宗は妻子を失ってなお気丈に仕事をこなし、長期の遠い地での仕事だって引き受けるほどにしっかりした人間だと思っている。辛さも悲しみも乗り越えて、人を励まし、周囲を支え、前を向けるのだと。

しかし、そのような人間など、そう居るものだろうか。

『もう一度会いたいって思うのは、おかしなことだと思うか』

以前、問いかけられた言葉を思い出してしまい、いよいよ夜次は動けなくなった。やはり、いやな胸騒ぎがする。

だから、気づかなかった。

見えない目で夜次らの方をじっと見ていた永月が、人ごみに混ざり、ふらりと夜の町に消えていったことに――。


「人に酔ってしまったから先に帰りますって、永月さんが夜次さんに伝言を……」

「なんだと」

お喜乃はそう告げたが、夜次には仮病だとすぐにわかった。永月から人酔いだなんて聞いたことはないし、生前は、よく仮病で早退けをしていた男だからだ。

　お喜乃を佐伯の屋敷に送って、すぐに自分も帰ろう。そう思ったところに、仕事帰りらしい羽織姿のお涼が姿を現した。

「お喜乃ちゃんはあたしと一緒に帰るから大丈夫。それより、夜次と永月に仕事だって、竜頑様から伝言だよ。依頼人が乗った駕籠を表に待たせてるから、早くいきな」

　閻魔堂橋の一件では実質何もしていないし、疲れてもない。だから仕事を受けるのはやぶさかではないが、間が悪く永月がいない。

「すまん、先生出ちまったんだ」

「えぇー。あいつほんっと自由だね。でも、夜次だけでも早めに話を聞いた方がいいかも。急ぎみたいだから」

　呪安寺に駆け込んだものの手が空いている者がおらず、にもかかわらず日を改めるでもなく、夜更けにわざわざお涼と一緒にここまでやってきたのだから、それは急ぎだろう。

「仕方ねえ、まあいいか。で、依頼は誰からだ」

「あんたもよく知ってる人。お鉄さん。師範のお姉さんの、柳生鉄さんだよ」

　柳生鉄。義宗が奈良に出向いて不在の間、新陰流の道場を筆頭の門弟らとともに切り盛りしていた女性だ。

　義宗に唯一残された肉親であり、佐伯の家から婿を取った柳生家の長女。時折わざと、義宗がお涼を「姉貴の旦那の兄上の娘御どの」と呼ぶのはこのためだ。

それこそ以前、新陰流を学んでいたころは、夜次もかなり世話になった。食事を出してくれたり、洗濯してくれたり、掃除を手伝ってくれたり。剣は握らないけれど、それ以外の面倒を全て見てくれた人だ。師範とはあまり似ておらず小柄で、心配性な女性だ。

「師範の姉貴か、しばらく会ってねえな」

「師範もあんまりお寺に来なくなっちゃったしね。そうだ、こないだ偶然見かけたっきりだ。師範、小さな男の子を肩車してたから、ちびっ子にも剣術教えんのかなーなんて思ってた。まあ、道向こうにいて見失っちゃったけどね」

小さな男の子。ほんの少しだけ引っかかったが、お涼の二言目でその違和感はすぐに忘れてしまった。

「お鉄さん、相当参ってるみたい。……手伝いが必要そうだったら呼んでね」

・

「鍵は」

「これを……」

震える手で彼女、柳生鉄は夜次にずっしりとしたそれを手渡す。生真面目そうな面立ちの痩せた女性だ。

「ありがとう。にしても、懐かしいな。師範が奈良に行ってからは、人手が足りねえってことで閉じてたんだろ？」

そう聞くと、背後でお鉄が「ええ。私が今日来たのは、空気の入れ替えをしようとしただけで……」と小さく言う。

　眼の前にあるのは、木でできた大門。中には花盛りの枝垂れ桜が見える。そしてその奥には、かつて四年ほど通った修練場がある。柳生新陰流道場のいわば分室で、深川からほど近い木場の町にある、祓い手ら専用の修練場だ。

　以前は呪安寺の近くに、柳生の道場はなかった。しかし、佐伯家と柳生家が姻戚となったこと、佐伯の家からお涼を含め何人か呪祓師が出たことで、木場の貯木場に材木倉庫をいくつも持っていた豪商佐伯家が、祓い手らの修練場を建てるため、柳生に土地と材木を与えたのだ。

「話を聞いても、正直想像がつかねえ。見間違いとかじゃあなくて本当なんだろうな、あの退魔の十文字槍が」

「本当です。……本当に、見るも無惨なことになってしまっていて……。ごめんなさい、詳しく話したくない。口にすると、何か災いが降りかかりそうで。迷信だって思いたいのだけど」

「いいや、迷信じゃない」

「亡くなった父上から、私も義宗も、口酸っぱく言われてきたのです。あれは、柳生家を守るものだと」

「師範には話したのか？」

　そう聞くと、お鉄はふるふると首を振る。

「あの子が奈良から帰ってきていることすら知らなかったんです。柳生の本邸にも、私らの家にも、道場にも一度も帰ってきていない。さっきお涼から江戸に戻っていたと聞かされて、本当に驚いた」

「なんだと？」

（妙だ。師範が寺に寄らねえのは、別の仕事が忙しいからかと思っていたんだが。それに、家に帰ってねえって、一体どこに寝泊まりしてるんだ）

ふむ、と顎を擦る。

（まあ、槍の方は見ねえと何もわからんが、ありゃ本物の宝槍だ。退魔の力の強さはガキの俺にすらわかった）

何年もその槍の姿を見てはいないが、幼いころ、他の祓い手志望者とともに剣術指南のために通っていたときから理解していた。あの壁に飾られた一条の、圧のような存在感は、霊力だ。

「柳生の血縁者に災いが降りかかったとき、槍に異変が起きます。鞠ちゃんと一太が呪穢に取り殺されたときなんか、ずっとずっとひとりでに震えていたほどです。それが、今度のはもっとひどい……。あの十文字槍に異変が起きたとき、槍が柳生の者の窮地を知らせてくれているのだと聞かされて育ちました。だから異変があったら、すぐに呪安寺を頼るようにと、父も、その父も言っていて……」

深くため息をついて顔を覆い、「弟に何もありませんように」と呟いたお鉄。夜次はその横で、昔、義宗に聞かされた話を思い出していた。

西の呪祓師らの中で、京都奈良を拠点にする面々は力が強い。人口の多いところの方が、面倒な呪穢が発生するからだ。

そんな彼らを束ね、教え導く役目を負ったのが、奈良興福寺の宝蔵院槍術の一派だった。安土桃山の時代、始祖の宝蔵院胤栄は、柳生家の先祖である柳生宗厳の勧めで剣豪上泉信綱から新陰流剣術を共に学んだ。

のちに胤栄は、剣よりも性に合っていたらしい十文字槍を用いた宝蔵院流槍術を奈良で開いたのだ。一方の柳生宗厳は江戸へ登り、徳川家剣術指南役の任を仰せつかり、新陰流を普及させたというわけである。

そうして、江戸の初期も初期。京都奈良の祓い手らに槍術指南をするほど霊視と槍の才能に溢れた宝蔵院胤舜が、胤栄から当主を継ぎ、江戸の柳生家に一条の十文字槍を授けた。

東国の友、柳生の一族を守るように。そして魔が差し迫ったときに退けられるようにとの願いが込められたそれは、呪安寺の付近に修練場ができてからは、呪い穢れを専門とする面々の近くに納めた方がいいだろうという義宗の意向で、木場の修練場に祀られるようにして、飾られていたのである。

おかげで、無害の霊すらあの場に近寄らない。台風や高潮、大水からも守られ、稽古では、誰一人として大きな怪我を負うことがなかった。

間違いなく、あれは二条とない逸品なのだ。

（しかし。退魔の槍に何かがあって、師範がふらふら出かけてる。これだけじゃ動こうにもどうしたらいいのかわからねえよな。その槍が、全然無関係の呪穢に何か悪さされてるっていうならわかりやすいんだが）

閻魔堂橋の一件は、画家の急死で幕を閉じた。師範の様子はたしかに違和感があるが、別に呪穢に取り憑かれているといった風でもない。たとえ槍の様子がおかしいとして、どう手出しをすればいいものか。

斬って終わりではない案件が、もっとも頭を悩ませる。

夜次は改めて、眼の前の建物を見た。幼いころは、よく永月がここまで送り届けてくれた。門前で、たくさんの門弟を出迎えていた義宗は、永月と夜次を見つけると、ひときわ大きい声で名を呼んでくれたものだ。

（まるで、ものすごく前のことみてえだ）

胸が痛んだ。瞬きし、幼い日々を思考の外に追いやった。

「開けるぞ……」

鍵穴から鍵を通し、中の落としが上がったのがわかった。そして、数刻前に一度開かれたとは思えないような重い軋み音をたて、それが開く。刀に手をかけつつ、玉砂利を踏んで進む。門の次は屋敷の戸だ。やはり嫌な気配はない。何もいないので、とても静かな場だ。人がいないとこの修練場はこんなにも冷たい静寂に包まれるのかと、今更ながら夜次は感じ入った。

「暗いな」

ぶつぶつ呟きつつ履物を脱ぎ、夜次は槍が飾られている壁際へ向かう。少し後に、お鉄がついてくる気配があった。

「ん、ないじゃねえか」

「そ、それです、床に……今朝、私が取り落としてしまってそれっきり……」

そう言われ、ようやく気がついた。たしかに長物が転がっている。無造作に布がかけられており、それはこの宝槍を包んでいたものだろう。今朝のお鉄の動揺ぶりが伝わってくるようだ。

(変な感じはしねえ……。お鉄さんはなんでこんなに怯えているんだ)

ちら、と背後の女性を見つつ、夜次は布をめくった。

「うわっ」

そして、思わず声をあげてしまった。

百年余の間、鈍い銀色に輝いていた、見事な一条。

そのはずが、鉄の異臭すら感じるほどに錆び、先端などは形が崩れて腐り落ちているのだ。

「これ、潮風のせい……じゃあねえよな。隙間風でこんなになるわけねえ。……うわ、酷えな」

そっと槍先だった部分に触れると、指先に赤茶のクズがついた。錆びた鉄だ。触れるそばから、それはぼろぼろと崩れ落ちる。

これではもし持ち上げたとしても、柄の部分しか残らないだろう。

「お鉄さん、刃のかけらを全部この風呂敷に包んじまってもいいか」

夜次の問いに、こくこくと彼女は肯く。

たしかに気味が悪い。今日は生ぬるい潮風が匂う曇りで、月明かりもない。ほとんど真っ暗のだだっ広い修練場で十文字の宝槍がこのような姿になってしまっていたら、肝が小さいお鉄が恐れ慄いても無理はないだろう。

夜次は、もうただの錆びた粉となってしまった槍の残骸を布で包んだ。柄は無事だったので、ただの棒切れにはなってしまったが、その傍に置いた。

立ち尽くすお鉄の横であぐらをかき、集中して周囲を見渡す。

おかしい。

やはり、ここには……。

「霊も妖怪も、呪い穢れの気配も、何にもねえんだよなあ」

永代橋のときのように、多くの人が死んだとか、女の未練があったとか、そういったこともない。幽霊橋のように、死体が上がっているわけでもない。

しかし、幼いころ感じた『圧のような存在感』、つまり込められていたはずの霊力が、夜次がかけらを集めるにつれ、するすると雲散霧消していってしまったのを指先で感じていた。

「ん、あれ、何か変なのがいる」

「夜次？」

暗い板間で、眉間に皺を寄せた夜次が立ち上がる。震えるお鉄に左手を差し出すと、即座にガシッと摑まれた。

「お鉄さん、門に何かいる。入ってこねえ。人じゃあねえ。なんだこれ、臭い……いや、異臭なんてする妖怪だの呪穢だのは、いねえはずなんだが」

気配がある。知った気配だ。だから、最初は人の幽霊かと思った。常に永月と共にいるから、生きた人間以外でよく知った気配といえば霊魂だ。

（でも、先生じゃねえよな。なんだこの臭い、酸っぱくて焦げ付いたような。あ、これ、さっきも告別式で嗅いだ……）

槍の錆びた臭い、というよりも。

「魚が腐った臭いと、血の臭いに似ているっ……」

門前にうろつく気配は、どうやら部屋には入ってこられないらしい。十文字の槍は錆び落ちてなお、退魔の力があるのだろう。

ならばむしろ、ここは安全だ。

「悪い、そこにいてくれ」

そう判断して、夜次は左腕にすがるお鉄を振り切って、駆け出す。走りながら息を大きく吸い、外に出て砂利を踏み締め、閉められた門の前に立った。

何かいる。知ったようで、全く知らない気配。

それから腰を低くし、下から斜め上へ、次に上から斜め下へ、木でできた門を数度斬った。

ピシ、ピシ。ばつ印に亀裂が入り、バタバタと門だった木の板が剥がれ、落ちた。

そして、門の外。刀を鞘に収めた夜次が見たものは。

「やあ。君の気配をたどってきたのだけれどね」

右腕を上げ、にこりと微笑んだ男。

そして、深く深く被っていた笠を、そのまま右手で上げた。

「臭いが移っちゃったようで、入れなくて困っていました」

見慣れた袈裟姿。しかし、左腕部分にあるはずの膨(ふく)らみがない。

「にしても、さすが私が育てた君ですね。警戒してくれて何より」

盲目ながらも、美しい月光色をしていた瞳。

「百点満点ですよ、夜次」

しかし、向かって左側には、包帯が巻かれている。

そして、伸ばし結(ゆわ)えていたはずの白髪は、まるで引きちぎられたかのように、肩あたりで長さが揃わずバラバラと散っている。

「先生……」

そこにいたのは、永月だった。

しかし、先程の告別式での彼と、随分と異なる。

その異臭も、魂の気配も。

「ごめんね、こんなになってしまって」

何もかもが、変わってしまっていた。

・

時は少し遡(さかのぼ)る。

芝宇田川町の屋敷で、骨壷に向かって手を合わせるお喜乃。その後方で、永月は集まった者らの気配に神経を研ぎ澄ましていた。暇を持て余し、霊視の力を余すことなく使って、いわば人間観察を楽しんでいるのである。

(さすが、力ある絵が飾られた場だ。人が多いが、人でないものも沢山いますね。生前歌川の絵を愛していた人間の霊魂、酒の匂いと絵画の霊力に釣られて出てきた妖怪ども。うん、さながら百鬼夜行図のようだ)

今度の仕事は、わりと楽に終わった。

秋照の急死。そして火葬。それだけが引っかかるが、まあ今のところは問題ないし、ここらで手を引こうと思ったのである。

だから永月は、泣きじゃくるお喜乃を慰めつつ、その彼女の様子に胸を痛めていた夜次をしばし一人にしてあげようと思い立ち、彼とお喜乃を離した。昔、包丁で指を切った永月を見て、初めて大泣きした夜次に対して、どうしたものかと頭を抱えた自分の姿を思い出したからである。

「永月さん、すみません。もう大丈夫です」

「あなたみたいな年ごろの子は、遠慮なんてしなくていいんですよ」

「そんな……情けないな。私、これじゃ立派な呪祓師になれない」

「まさかあ。お喜乃ちゃんなら大丈夫ですって、ええと、夜次はと」

彼女の言を流した。まあこの子のことは気にかけてはいるが、もとよりそんなに多くの人間に対して熱い感情を注げないタチなのだ。

（夜次、夜次はどこでしょうねえ。おやぁ、本当に人が多い。あの子の気配を辿るのが大変だ）

目を閉じたまま、首を動かすと、割合すぐに見つかった。

「お、いたいた……ん。なんだ、この臭い……」

ほんのかすかに、嗅いだことのない臭いがした。

しかし本当にかすかだったから、すぐに見失ってしまいそうでもあった。

誰か怪我でもしているのかと思ったが、違う。血によく似ているが、鮮血ではない。夏場の腐った食事のような異臭もする。苦くて、焦げていて、酸っぱい。とにかく嫌な臭いだ。

（おかしい。呪穢に悪臭はないし、妖にしてもこんな、こんな臭いものはいないはずだ）

嫌な予感がした。より神経を研ぎ澄ます。臭いの元は、どうやら夜次の方だ。そちらに一歩踏み出そうとして、はたと気がついた。

「……ヨシが、来てる」

見知った魂の気配は、もうひとつあったのだ。

壁際にいるらしい夜次は、展示の絵でも見ているのだろう。その近くに、義宗の気配がある。

一度寺に顔を出して以降、会っていなかった義宗の気配が。

しかし、明らかに違った。

何がと問われれば難しい。妖怪に悪さをされているようでもなければ、呪穢に取り憑かれているわけでもなさそうなのだ。

「この臭いの原因、まさかヨシか」

(いいや、ヨシ本人じゃない。まるでヨシにべったりとへばりついているような……)

「永月さん」

永月の異変がわかったのか、お喜乃が見上げている。

「お喜乃ちゃん、なんだか……」

変な臭いがしませんか。そう聞こうとして、できなかった。

ゾッと寒気が背中を駆け上がったからだ。

霊は暑い寒いがわからないはずなので、これは第六感だ。

「……すみません。私、人に酔ってしまったようで。夜次に伝言を頼めますか」

夜次と義宗が立ち話をしている方に背を向け、お喜乃にそう告げる。その間も、嫌な気配がどんどんと背中にのしかかっていき、冷や汗をかいているような気持ちになる。

背を射抜くこれは、視線だ。

誰にも見られていないはずなのに、はっきりとわかる。

人ではないだろう。しかし、今まで相対したことのないものなので、何と判ずることすらできない。とにかく強く、かすかな異臭でしか感知できないこれは――。

(ヨシ、あなた、西で何と遭ったというのです)

義宗が危ない。だって、これはロクなものではない。それだけはわかる。

それに、夜次を遠ざけなければ。自分一人でなんとかできるかはわからないが、それでも夜次を巻き込むわけにはいかない。そう考えることが、刀を持つ彼への侮辱になるとはわかっている。

多分、ひどく夜次を怒らせることになる。

でも、拾った犬だって大事なのだ。


義宗がすぐに屋敷を出てくれて助かった。夜次を連れて行こうとしたなら、無理にでも割って入るしかないと思ったが、義宗が独りふらりと出て行ったので、尾行は簡単だった。

しかし、前方を歩く義宗の方から注がれる、体にまとわりつくような視線と消えては蘇る臭いが不快だった。

恐怖ですらある。幼いころから変なものを見てきたので、この手合いへの恐怖とは縁遠いと思っていたが、これは全く次元が違う。何か別のことを考えでもしないと引き返してしまいたくなるほど怖い。

(夜次へは伝言を頼んだし、きっと素直に佐伯家に行ってくれるでしょう。それにしてもよかった。あの子、どうやら本当に、私以外の誰かを大事に思えるようになったらしい)

昔なら、どんな理由があろうと永月のそばを離れなかったろう。特に幽霊橋で自分が死んでからは、夜次は必ず永月のそばにいた。贖罪と責任感があったのだろうが、いちばんはきっと、不安だったのだ。この世で唯一繋がっていたいと思える人間が、ふとしたことで消えてしまわないかという不安が、夜次と他の人間との交流を断絶させたのだろうと永月は思っていた。

しかし、お喜乃には「尊敬する」とこぼしていた夜次。その様子を目の当たりにして、自分の中にあった未練のひとつがゆるりと解けていったあの感覚を、永月は時間をかけて理解していった。無論、フミを祈り届けて巡りの輪に加えてやりたいという気持ちは大きいが、不完全で未熟で、形ができきっていないまま残される夜次に対してだって、自覚していた以上に心残りがあったのだ。

(……うん。万事、いい方向に進んでいるのですよ)

言い聞かせつつ、落ち着かない尾行の距離を詰めた。義宗は多くの人間と同様、一切の霊視ができない。だからどれだけ近づいても気づかれないだろう大丈夫だ……と、思った矢先。

「お前、やっぱりあの刀に羽織のガキんちょより美味そうやなあ」

はっきりとした声が聞こえて、あたりを見渡した。女の声だ。明らかに、その声音には聞き覚えがあるが、思い出せなかった。

しかし、声の主人らしいものはない。義宗でもない。しかしその義宗は、永月が謎の声に気を取られている間に脇道に逸れ、路地に入ってしまった。

はぐれないよう、義宗の横にぴたりとくっついた。彼の息遣いが聞こえる。店の並びから、さらに奥に入った。ここは裏長屋だろう。壁越しに、狭い間隔で多くの人間の気配があった。

そして、ある一室の前で義宗が立ち止まった。

薄い障子に手をかけ、カラリと音をたてて引いた。

一歩、彼が中へと踏み込む。当然ついていこうとしたそのとき。

「いっ……な、なんです！」

バチッと、何かに弾かれた感触が肌に起きる。

「ああ、そやそや。間違えてもた、堪忍なあ。美味そうなお前は入れてやるんやった。入り」

まただ。女の声がした。のんびりとした上方言葉を話す知り合いなどいないのに、懐かしくてたまらないその声は誰のものだっただろう。

そう思案していると、まだ敷居を跨いでいないはずの永月は、いつの間にか畳の上に座らされていた。薄い座布団。狭い部屋。隣には、同じく正座をした親友の気配。

この長屋の一室は、どうやら尋常の部屋ではない。何者かによって支配された、出るも入るも制限された空間だろうと見当はついたが、実際に閉じ込められたのは初めてだ。こんなものは、平安あたりの、呪穢などという名前もまだない、もっと怪異と人間が密接だった時代のものだと思っていた。

(立ち上がれない。まあいいか……私と、義宗しかいませんね)

首を回しあたりを探ったが、別の生き物の気配はなかった。しかし、そのとき。

「う……え、く、臭っ……」

猛烈な臭気に吐き気を催した瞬間だ。

「義宗。結局、あの刀のガキの命も持って帰れんかったなあ。もう、家族に会えんでもええの？」

至近距離から声が降ってきて、驚いた。そして、思い出した。なぜ忘れていたのだろう。この声は……。

「鞠」

義宗の掠れた呟きで数々の思い出がさあっと蘇る。

これは、呪穢に取り殺された義宗の妻、鞠の声だ。

しかし。

「いや違う。ヨシ、違います、こんなっ……鞠ちゃんの魂じゃない、人間でもない。違います、目を覚ませ、義宗！」

永月の声は届かない。代わりに、唇に何か細長いものが押しつけられた。ああこれは指だ。

「あとで説明したるから」

「どうした」

「ああ、義宗には見えんよな。ちょいと変なのが混じったさかい、黙らしとったんや」

さっきの指は、静かにしろという意味だったのだろう。どうせ体も動かない。永月は、黙って聞くしか道はなかった。

「なんだ、誰かいるのか。俺たちの話を聞かれるわけにはいかないだろう」

「ふふ、見えへんなら居らんのとおんなじやろ。嫁やろうと子ぉやろうと、親友やろうと、お前には見ることができないいんやもんねえ」

可哀想やねえ。

そう、鞠の声音でせせら笑う何か。義宗は悔しさのあまり唇を噛む。見えない。自分だけ、会えない。

「ま、せやから俺が必要なんやろうけれど。わかってるよな、義宗。俺がこの姿になってやってるのは、前払いみたいなもんやで。お前を買っとるからやって」

鞠の声音。鞠の見た目。着ている着物すら、義宗の記憶通りの薄緑の小紋柄。鞠の気に入りだったものだ。

しかし、違う。鞠とは何もかもが違う。

「っ……話が、違うだろう。お前、大江山では俺の命だけで良いと言ったはずだ」

「ふむ。言ったかもしれんなあ」

「俺の魂は、約束通りお前に食わせてやる。巡れずとも覚悟している。なのになぜ、他にっ……霊力がある人間を食いたがる。俺を騙したのか」

はっと、ただ聞いていた永月は顔を上げた。

やはり見えない。けれど、眼前の強大な何か。そいつの気配がねじ曲がる。そいつは、腹を抱えて大笑いしていた。

「ふふっ、あっはっはっはっはっ！　ヒイっ、あまり笑わすんやない。お前の命だけで、何度も何度も会わせたるなんて言ってないやん。一回は会わせてやったやろ」

永月には、状況が明確にはわからない。けれど、断片的にはわかった。だから、静かになどしていられなかった。頭に血がのぼるのを感じた。

「んっ……む、う」

しかし咄嗟に口を開こうとしたけれど一音も出なかった。大笑いする、鞠の皮を被った何かのせいだ。

「ふふっうふふっ、おもろいなあ、お江戸の人間は。頼光も晴明も、この俺とあーんな適当な約束せえへんかったのに」

頼光。晴明。どちらも、はるか昔、平安に生きた人間の名前だ。

「それが、見えもせん現代っ子がのこのこ大江山なんかに迷い込んで……可哀想やなあ、義宗。でも、俺にも事情っちゅうもんがあるんや。西は俺を警戒しすぎや。あの土地で、俺はまともに動けやせんの。元気になるためにはぎょうさん人間食べなあかんの。わかるやろ？　栄養は大事やって」

（わかった、こいつは）

京都大江山の大妖怪。かつて源頼光によって討ち滅ぼされ、安倍晴明に封じられた鬼の首魁・酒呑童子だ。

「この俺ともあろうものが、晴明のせいでいっぱい食って寝な東の田舎の鬼っころとおんなじになってしまうんよお。理不尽やろ？」

全国各地に残る伝承や怪異。天災、人災、霊障への恐れや憎しみが元となった、人に仇なす呪い穢れ。語り継がれるそれらの全てを、呪祓師になる前に知識としては教わるが、遭遇することを前提とはしていない。

（なのに、酒呑童子って……）

あれだけ長期間の出張で宝蔵院にずっと篭りっぱなしだったわけはないだろう。遊山で京の都まで足を伸ばしていても、なんら不思議な話ではない。

（ヨシの大馬鹿野郎。霊視できない目にすら見えてしまうほど強い鬼なんて、関わったらどうなるかくらいわかるでしょうに、なぜわざわざ）

驚きで怒りが鎮まり緊張が解け、妙に力が抜けたここちに陥った。人間、常識では処理できないものを前にした方が却って落ち着く。久方ぶりに、その感覚を自らで味わった。

「しかしお前、俺の命と引き換えに蘇らせてくれると」

「流石にできなんでもできる俺でも蘇生なんて無理やって。何言うとるの、俺が言ったのは、死んだ家族に会わせたるよおってことやったやん。記憶大丈夫か？」

切れ切れに言う義宗に、大袈裟に驚いた鞠。……もとい、鬼。

「せやから、会わせてやったやん。ほら、お前の記憶のまんまの鞠ちゃんやろ。それに、ほうら出ておいでえ」

鞠の姿をした鬼は、くるりと後ろを振り返り、手招きをした。

闇の中から現れたそれが何なのかは、永月にはわからない。

なぜなら、命の気配すら何もなかったのだから。

「一太……」

「父ちゃん、また肩車してよお」

義宗の涙声。そして、被さるように聞こえた小さな男の子の言葉。間違いなく、親友の一人息子の声だった。

（違う、これは、一太ではない。何もない。何もないところから、声だけがする）

盲目の永月は、声だけが虚空から聞こえるこの状況に底冷えを催すような恐怖を感じた。

しかし、目が見えてしまう義宗にとっては話が違うのだろう。彼は、わかっているのかいないのか、再び眼前に現れた我が子の姿に涙を流した。

「……ごめんなあ。ごめん、遊びたいよな、外に出たいよな……」

「ふふ、そうやでえ。可哀想やん、こんな狭っ苦しいところに篭りっきりは。ほら、人の命を集めてくれたら、またすぐに一日お外で遊ばせたるよ。俺は忌々しい晴明のせいで、自分から人間食べには行かれへんし、義宗に運んでもらうことでしか元気になれへんねや。頼むでえ。今度は本物の鞠ちゃんにも会わせたるからなあ」

鬼の猫撫で声が神経を逆撫でする。永月が思っていたよりも、まずいことになっていた。

（なぜ、私は気づかなかった……いや、思いもしていなかった。まさかヨシが、ヨシに限ってこんな……）

しっかりもので誰からも慕われ……、妻と子を失ってなお、人生の路頭に迷いながらも自分を激励してくれた、強い男。

そう思っていた。

「今度は、あの中途半端な絵描きみたいなのやのうて、うんと力が強くって、うんと美味しいのがええなあ」

（そうか。……ヨシが、歌川秋照を）

「呪祓師とかいう、弱いくせにシャシャリたがりの人間。あんなん鴨ネギやん」

鬼ののんびりとした声音で大きく心臓が跳ねた。

「ほら、今日やって話しとったやん。あの若い男、刀持っとったけど、あれは大したことないわ。頼光とは空気が全然ちゃうかった」

待て、やめろ。そう言いたいのに、口が塞がれている。立ちっぱなしの鬼は義宗を見下ろす視線をスッとずらし、ニタニタ笑いながら永月を見た。

「前聞かせてくれたよな。夜次とかいったっけ。あいつのせいなんやろ。親友が死んだって言うてたやん。ならええやん。サクッと殺すか、それかもう一回俺のことを教えたらええよ。鬼と約束して、自分の魂と引き換えに会いたい人に会わせたるよ～って」

「それは……たしかに俺はあいつが憎い。いっときは殺してやりたいとも思った。あのとき、本当にっ……切り捨ててやりたかった。でも」

永月は、静かな動揺に襲われた。

憎い。憎いのか、そうか。親友は、あの子を憎んでいるのか……。それすら気づかなかった自らが情けない。

それに、あのときとはいつだろう。切り捨てると言ったから、刀を向けたのだろうか。しかし夜次は一度も、そんな話をしなかった。

「でも、憎いだけじゃねえ。あいつは……」

「うーん。やっぱりお前にゃ期待でけへんね。ちょいと人を殺すだけで、そないに躊躇するなんて」

しゃがんだ鬼が義宗の顎をくっと持ち上げる。

「……お前との約束はもう三日後やで。そんときは必ず、俺はお前を食うよ。まあもう、約束の手付けでお前の体はぼろぼろやろうけどね」

何と言った。三日。三日後、義宗は殺されるのか。

「三日の間に、力が強くて、美味しそうな人間をよこしぃ。そしたら今度は、この一太と、鞠と、三人で最後にお江戸の街を歩かせたる。……こんな好条件やのに、何をためらうんやろか」

「待て、鬼っ」

ぴん、と鬼は虚空に指先を弾いた。

その瞬間、義宗の気配がなくなった。

「おい、酒呑童子。何をした」

「もうあいつと話すことないし、外に出しただけや。さて、今度はお前の番やね。うふふ、刀のガキんちょの話のとき、えらい動揺しとったねえ。兄弟か親戚？　親友か恋人か、それとも子供なんか？」

「……あなたに言う必要はないと思いますが」

「ふむ、俺のこと知ってんのやろ。すごいなあ、怖くないんか？」

虚勢だった。慣れてきたとはいえ臭くて敵わないし、この鬼に勝てるわけもない。

「ま、今の俺は晴明のせいで人を殺せんしな。この首輪、千年かかっても外れんのよ」

ほら、と、鬼は自らの首元を指さしたが、永月は見られない。注連縄を模した首枷には、五芒星が描かれた札が貼ってある。

「だから誰かをちょろまかしてご飯集めてもろてるんやけど、あの義宗とかいう侍崩れはあかんな。平和な時代のせいなんかなあ、殺しにためらいあるんは、ご飯係に向いてないわ」

「黙れ……鬼め、よくも私の親友を騙したな」

「だあから、騙しとらんよ。これから食う義宗の命、それと一昨日食った画家の命と引き換えに、家族と会わせてやったやん。あれっぽっちの飯で、俺に食われて死ぬまで家族と会わせたるなんて言っとらんもん」

「あれは幻か、それか木偶人形ですね。どんな術かは知りませんけど、一太の霊魂は今ごろ巡りにあるはずです」

「うん、大正解やね」

鬼は、一言も話さない一太の頭をするりと撫でた。その瞬間、子供の姿がパッと消えた。畳に残されたのは、枯葉と土塊だった。

「これはただの幻。義宗の記憶から適当につくった、見えるだけ触れるだけの陽炎みたいなもんや。でも、義宗見てわからんかったか？　魂がどうとか、巡りがどうとか、そんなんね。ほんまに参ってるやつは、気に留めんもんやで」

静かに語る鬼の声。

「人間なんて、千年前からなんも変わっとらんのよ」

のらりくらりと要領を得ない言葉を紡ぎ続ける鬼は薄ら笑いを浮かべているのだろう。言葉尻に、不快な笑いの音がした。

「ふふ。義宗、お友達なんやろ。俺と約束した時点で疲れ切ってしもてな、もう命は長くはないけど、食わんでやってもええよ。鬼に命を全部食われたら、巡りには加われん。でも、このまま普通に死んだら巡りに加われる。輪廻のことわりに戻れるで」

「なに」

まさか鬼の方から、食わないなどと言い出すとは思っていなかった。

「代わりに、お前の命を差し出しぃ。一人が助かる代わりに、一人が犠牲になる。釣り合いが取れるなあ」

にっこりと笑う鬼。

鬼の眼前で沈黙していた永月は、暫くして口を開いた。

「釣り合い？　この私をずいぶん安く見積もってくれましたね。私の方が、ヨシの命やそこらの人間の命よりも、相当値の張る物でしょうに。そもそもね、私を丸ごと食ったあと、どうせあなたは夜次を唆して食おうとするでしょう。ヨシも然り。あいつはすでにあなたに命を差し出してしまっていますから、その首輪は自ら命を差し出したヨシには機能しないんだろう。そんな状態で、あなたが殊勝にも食事を我慢するとは思えませんね」

鬼は目を丸くした。この坊主、人ならざる者との約束事に慣れているのだろう。まるでかつて自分を封じた人間らのように、自分と対等に取引をしようとしているのだ。

「あーあ。お前頭ええな。簡単には騙されへんってわけね」

「余計な口を叩くな」

「わかったわかった。しっかし、腹立つくらい美味そうや。命丸ごとやなくて、つまみ食いでもえぇって思ってまうなあ。特にその髪、目ん玉。わざと力を溜めたんやろ。俺みたいなのに身売りするために。健気やなあ」

ケラケラ嗤う鬼に気づかれないよう、永月は拳を握りしめた。

（私は今ここで、消え去るわけにはいかない。何があろうと）

無いはずの胃が痛んだ。これから、大切なものひとつを切り捨てる選択をしようとしているからだ。しかしいくら考えても、その天秤は絶対に反対側には傾かないことも、永月にはわかっていた。

永月は、じゅるりと唾液をすすった鬼を前にして、平静を装い笑みを浮かべた。

「ま、そんなに私を食べたいのなら、こちらにも考えがありますよ。三つほど条件を飲んでいただければ、髪と目、それともう一部、この体のどこかをあなたに差しあげましょう。もちろん、ちゃんと報酬に見合ったお願いごとだと思いますよ」

今まで、髪の数本を使って霊や妖怪に頼みごとをしたことは何度もある。けれど、こんな大物は初めてだ。だから正直、釣り合ってるも何もわかったものではなかった。

しかし、形だけでも強気でいかなければ。自ら人を殺せないらしい酒呑童子はずいぶんひもじい思いをしているようだし、肉体を持たない自分はある程度魂を分け与えたところで、直ちにどうこうなりはしないだろう。

（怒りますよね、夜次は）

帰った後が大変だろう。ふ、と先の苦労を想像して笑いが漏れた。平謝りするしかない。

でも、それでもいい。早くここを出て、声が聞きたかった。

深呼吸をした。それからゆっくりと、言葉を紡いでいった。

「一つ、ヨシとの約束が終わったら、西の大江山にお帰りいただきます。そのために、この髪を一口で食べられる分だけあげましょう」

「江戸は思ったよりつまらんしな、ええよ。摑み取りみたいでワクワクするなあ」

「二つ、夜次に少しのちょっかいも出さないこと。こう見えて、仲間内じゃ私がいちばん霊視ができるし才能があるんですよ。腕か脚一本あれば、夜次ひとりを食べる分くらいには足りるでしょう。特に利き手の左腕はおすすめですよ」

「……わりに合わん気いするけど、まあええわ」

「三つ、これは鬼の首魁であるあなたに期待して言うんですがね。片方の目を差し出す代わりに……」

それから永月が言った望みを聞いた鬼は思わず目を見開いた。前二つと比べ、それはあまりに見合わない条件だと思ったからだ。それに、色が抜けるほど力のこもったその眼球が最も美味そうに見えていたので、本当にそんなことでいいのかと確認してしまったほどだ。

「いいんです。私ね、今更ですけど、言いたいことが山ほどできてしまったんですよ、あいつに。昔、柄にもなく弱っていた私をたくさん励ましてくれたお礼も兼ねてね」

鬼との約束だなんて馬鹿なことをしでかしていようと、大事な養い子を勝手に憎んでいようと、何がなんでも守ってやるとは思えなくても、友であることには変わりない。そして、先に逝った自分にも、少しはこんな状況にしてしまった責任がある。

懐を弄った。いつも携帯している護身の短刀を見つけた。

「最後くらい、ちゃんと喧嘩しておきたいじゃないですか」

これで、夜次をこいつの脅威から守れる。友とも、少しの時間を持てるだろう。

(どうせ、あっても使えない目だからね)

にこ、と笑って、永月はためらいなく眼球に刃を突き立てた。

・

細い月に、散り始めた枝垂れ桜がよく映える夜。宴は賑わい、時折笑い声は表の通りまで響いていた。

呪安寺に籍を置く呪祓師は総勢十数名しかいない。慢性的な人手不足は常に課題だったが、今日のような日には、その人数の少なさがむしろ幸いだった。

なぜなら、木場の修練場はそんなに広くはない。あまり人が多くても、多くの祓い手らにとっての思い出の場所たるここで、彼の送別会など開けなかったろうから。

「師範ったら、こないだ帰ってきたばっかりだってのにまた旅に出ちゃうの？　もう、お鉄さんたち寂しがってたよ」

「姉貴と義兄貴とは昨日飲んで食って散々話したさ。ガキじゃねえんだ、大丈夫さ。なんだ、お涼は惜しんでくれねえのか」

「軽口ばっかり。つまんないに決まってるでしょ。もーいい歳して一人旅がしたいって、芭蕉にでもなったつもり？」

むぅ、と頬を膨らませた彼女に、盃を手にしていた男は笑った。

暑い。季節外れの団扇で顔を仰ぐ。春にしては厚着なせいだ。痩せてしまった体を隠すためだが、心配をかけたくないので、脱いで薄着になるわけにはいかなかった。

「あー、飲みすぎた。風に当たってくる」

「主役なんですから、早めに戻ってくださいね」

珍しく火炎も飲んでいた。祈り手らは慣例で僧侶の格好をしているが、厳密には聖職者ではない。だから、そんなに機会は多くはないけれど、酒を飲みたい者は勝手に飲むのだ。

時刻は、亥の刻も半ばを回っていた。

庭に降りた。体がふらつく。酒のせいではない、鬼との約束の影響だ。せめて、今日食われる瞬間までは持って欲しいが、それも運次第だろう。やるせない笑いが漏れた。

（この体はどうしようもないくらい才能がない。全く、もやしのイチの方が、ああいう手合いに対しちゃずっと強えんだろうなぁ）

ふと背後を振り返って建物を見ると、中からは宴会の灯りが漏れていて、なんだか胸にじんと温もりが広がるような感じがした。

自ら望んで捨てた命だが、最後を綺麗に締められそうなのは、間違いなくあいつのおかげだ。たしかにいっときは憎みもしたが、結局憎みきらせてはくれない青年の顔が浮かんだ。

「本当にこれでいいんじゃな。皆に真実を告げずとも」

庭の静寂を揺らしたのは老爺の声。

「竜頑様。ええ、俺は旅に出たってことで」

「夜次と永月から聞いたとき、わしはほんに驚いた。せめて最後の夜に宴会をしたいと夜次が言ったのはわかるが、まさか皆に真実を隠したままとは。……まあ、寺の総力を挙げて立ち向かったところで、酒呑童子は、今の人間ごときになんとかできるものでもないのじゃが」

「そうでしょうな」

「こんな大馬鹿者がいるのかと、今でも半信半疑じゃよ。全く、少しは自分の人生に責任を持ちなさい」

「道場は姉貴の次男に継がせる手筈ですし、稽古業は今後も大丈夫でございましょう。あいつは強い」

「そういうことを言っておるんじゃ……」

わざとズレた答えをよこす義宗に、竜頑が苛立（いらだ）たしげに言った。

そこまではいい。

しかし、老人の声にかぶさるように聞こえた言葉。

高くもなく低くもない、そのどこか歌うような響きは。

「そういうことを言っているんじゃないですよ、ヨシ」

幻聴だ。ありえない。

「無視ですか？　酷いなあ、お前にとっては久しぶりの再会だろうに」

「イ、チ」

「ええ、どうも。すみませんね、親子喧嘩が長引いちゃって登場が遅くなりました」

振り返れなかった。ただ暗い塀を見つめるだけで、後ろから聞こえる声に返事もできなかった。心の準備など、できているわけもないのだ。

（だってこれは、こいつは、鬼がつくった偽物なんかじゃなく……）

一太も鞠も偽物だとわかっていた。見えるし触れられるけれど、心のどこかではわかっていたのだ。わかっていながら、盲信する方を選んだのだ。

なのに、この永月は。

背後から祈り手二人の会話が聞こえる。「夜次はどうしたんじゃ？」「それが、さっきまた喧嘩しちゃって。その辺で拗ねてますよ」「まあいいわい、わしは中に戻る」……。

しかし、その全てが脳内を滑っていった。

代わりにあったのは、幼馴染みとの数多の思い出だ。

弱そうな新入りの呪安寺の子だと思って剣の勝負を挑んだら、見えない何かから攻撃され、ボロ負けしたこと。思えばあれは妖怪だかを使ってきたのだろう。チャンバラなのに、卑怯だ。米の炊き方がわからないと言われ、初めて部屋に行ったとき、あまりに汚くて心から驚いたこと。きっと、掃除までさせようという魂胆だったんだろう。まんまと引っかかった。

八幡山の別荘から出てきた鞠に一目惚れしてからは、何度も何度も相談しに行った。その度、からかいながらも真摯に聞いてくれたが、しかしあまり有意義な助言はくれなかった。それでも嬉しかったことを覚えている。

……それから、初めて夜次についての相談を持ちかけられたとき。あのころの自分には、あの言い方しかできなかった。きっと傷つけるとわかっていながら、選べないもの二つを天秤にかけ、親友に詰め寄った。

（羨ましかったんだ、俺は。イチには、たとえ呪穢になっていようと妹のことを探せる力があって、そのうえ新しい家族までできて）

「これ、義宗！」

背中に大声。キンと耳鳴りがして、はっとした。

「いっつまで無視を決め込むつもりですか。はあ全く、お前ね、私の考えていたこと何もかもをひっくり返しやがりましたね。巡った先で今度は私もガタイよく生まれて、ヨシと腕相撲する計画があったのに、ヨシは今世っきりでさよならだなんて！」

そこまで一気に言った親友は、未だ振り返れない義宗の肩に手を伸ばした。それから、腰を入れて、グッと全力で手前に引いた。

「人の話は、目を見て聞く。基本ですよ」

よろけつつ、体が回転した。ああ、もう逃げられないのだ。

しかし観念して視界に映した男は、記憶にあった親友の姿と、ずいぶんかけ離れてしまっていた。一気に気持ちがしんみりとした郷愁から心配に変わる。

「い、イチ、どうした、怪我しているじゃないか。大丈夫か⁉　痛いだろう無理にしゃべるな……いや、それよりも医者を」

「馬鹿者。私は肉体から解き放たれてますからね、痛みはもう感じてませんよ。もちろん無傷ってわけではないから、ちょっと疲れやすくなったけどね。裏を返せばその程度です」

ペラペラとよく回る口は変わっていない。言っていることはあまり理解できなかったが、ひとつだけわかったことがある。

これは、友と話す最後の機会だ。

「…………座っていいか。色々起きすぎて、腰が抜けそうだ」

「いいですよ。よっこいせと。おお、この修練場は結構放置されてたのに、芝はフカフカだ」

「その、今更だが、俺なんで見えるんだ」

「酒呑童子に高級食材を差しあげましてね。代わりに、今日の君に死ぬまで私と話ができる力を授けてくれってお願いしたんですよ」

以前、永月から聞いたことがあった。髪や目に霊力を溜め、交渉に使うことがあるのだと。

高級食材とはまさか――。

「ま、そんなどうでもいいことはどうでもいいんです。ヨシ、昔私に質問しましたよね」

覚えてます？　と斜め下から顔を覗き込まれ、思考が止まる。

「ふー」

腹から全ての空気を絞り出すようにして、息を吐いた。

「覚えている」

なんとか会話をしなくては。だって時間は限られている。

「実の妹と拾った犬。もうね、本当にね、本当に本当にほんっとーに、悩みましたよ。この私が飯も食えず、夢にまで見る始末」

「謝れと言われてもできねえからな」

永月は下を向いた。そして、力なく首を振った。

「なんで、謝ってもらう必要があるんです」

義宗は、その言葉に面食らった。てっきり永月は、あのときの義宗の態度に怒っているのではないかと思っていたからだ。

「だってヨシ、心から私を支えようとしてくれていたんでしょう」

（そうだった。イチは、こういう男だった）

本当に本当の、柔（やわ）く大事なところは絶対触れない。傷つけない。だから、あの日の切羽詰まっていた義宗を、そしてそれでも真剣に励ましたつもりだった義宗を責（せ）める筈（はず）がないのだ。

「私がね、怒っていることは二つです。ひとつは、君が命を捨てたこと。もうひとつは、夜次を許せなかったこと」

「そうか。お主は、俺と鬼のあの部屋に紛れ込んでいたんだな」

「全部聞いていましたよ。でもね、夜次へのことはいいんです。あの子に聞いても口を割らないし、というか、私は当事者じゃない。先にこの世から離脱した私は、誰を責める権利もないんです。けれど……けれどお前が、私の友の魂が消え、巡らず、世界から消え失せるのは」

ぐ、と彼が薄い唇を噛んだのを見た。言いたいことがあるだろうに、そのためにこの場に来たのだろうに、彼は義宗のために我慢しているのだ。その様子を見て、力が抜けていった。

「優しいよな」

「え？」

「俺には俺の地獄がある。その地獄は、他人に侵されるものじゃねえ。安易な共感と無遠慮な糾弾がどれだけ人を傷つけるか、お主は知っている。俺には……。俺にはなかった優しさだ」

永月はきっと、なんで、と義宗を責めたいのだろう。しかし、決してそれをしない。それは、義宗の心を、人生を、性分を、その全てを受け入れているからだ。

「夜次は、他でもねえイチの家族だから、鬼に差し出すなんてことはしたくはなかった。それでも俺は夜次を責めることでしか、家族だけでなく、お主までも失った悲しみを乗り越えられなかった。それに俺は、俺はっ……」

望まれたとはいえ、肺病で苦しんでいたとはいえ、一人の人間を殺してまで、自らの心を慰める方を選んだのだ。

「俺はさあ、自分のことしか頭にねえんだよ。辛いときは言葉もきつくなる。筋違いの相手を憎みもする。しかし、お主も……お主が育てた夜次も、なんでそんなに」

なぜ、夜次は一度も永月に、義宗から憎まれていたことを言わなかったのだろう。なぜ永月は、あんなに酷なことを言った自分を責めないでいられるのだろう。

なぜ自分は、彼らのようにはなれないのだろうか。

それは彼らが、暗い気持ちに囚われた人間の末路を、何度も何度も見ているからなのだろうか。それとも――。

「俺の気持ちが、愛情が、間違っているのか」

鞠。一太。誰より何より大事だった。

しかしその愛のために人を殺した。自分の命も売った。きっと鞠が生きていたら、馬鹿なことをしてと泣いただろう。一太は、父が人殺しであることに絶望しただろう。

けれど、自分の気持ちを抑えきれなかった。

「なんでも良かったんだ。会いたかった。一緒に町に出て、夜鳴きそばでも食って、鞠には簪を買ってやりたかった」

義宗は、音もなくこぼれ落ちる涙を拭こうともしなかった。

しかし、返事は思いもよらぬ相手から返ってきた。

「俺は嫌だと思ったよ、師範の選択を」

はっと顔を上げた。ザクザクと芝を踏む草鞋の音がした。眼前の修練場の建物の方から庭の端に歩いてきたのは、泣き腫らした目をした夜次。今夜の宴が夜次の提案だとは竜頑から聞かされていたが、彼と相対するのは秋照の告別式以来だ。

「嫌どころか、最悪だと思った。だって師範、知らねえだろ」

夜次は座る二人の前に仁王立ちし、拳を握る。

こんなふうに、感情のままに話す夜次を見るのは久しぶりだった。赤い目元はひどく幼く見えた。

「先生が、どれだけ痛え思いしたのか。どんな気持ちで鬼に体食わせて、どんなふうに俺にあんたのことをしゃべったのか。先生はなあ、あんたが鬼と契約したことは一言も責めなかった。でも、あんたを救う選択をできなかったことで、ずっと自分を責めていた。それに、師範と俺の不和に動揺して、何度も何度も俺を心配してことの次第を聞いてきた」

夜次は、座る永月をこわばる手で指さした。

「この人は優しいんだ。自分の体が鬼に食われても、あんたが偽物の家族に会いたがった気持ちをこれっぽっちも馬鹿になんかしなかった。あんたはこの優しい人が、唯一友達だって言う人なんだ。なのにっ……なのに、木偶人形なんかのために、あんたが消えちまうなんて」

夜次の言葉を止めることなく、永月は耳を傾ける。

（……ヨシの最期の日には何も言わないって、決めていたんでしょうに）

きっとこの子は、立ち聞きしているうちに我慢ならなくなってしまったのだ。

夜次とはこの三日、話し合い、口論した。夜次は何度も泣いていた。先生が犠牲になる必要がどこにあると問われれば、永月はただ謝罪した。それがどれだけ、夜次にとって残酷な答えだったろうかは想像にかたくない。だって彼は、またも自分は守られた側だと思ったのだろうから。

「だから言ってやりてえよ。師範の気持ちは間違いで、その愛情はまやかしだって。誰も幸せになんてなれねえ選択した臆病者で、自分の気持ちばっかり通そうとしてるって。でもな……」

夜次の声に涙が滲んでいた。ぐっと共に立つ足に力を込めて続けた。

「俺だって自分の身勝手な気持ちを押し付けたくなるときがある。思い返してみりゃ、先生だってそうだ。俺に命を大事にしろとか言うくせに、祓い手をやめろとはけっして言わねえ。きっと先生は選べねえんだ。俺とフミさん、どっちかを選んでどっちかを捨て置くなんてことできねえから、二枚舌みてえにもなる。……師範も同じだ。師範は自分の身勝手な気持ちを押し通したんだろ。死んだ家族も周りの奴らも悲しむってわかってて、決めたんだろ」

ただ、家族に会いたかった。

その気持ちは、愛は、間違っていたのか。

義宗は、夜次の顔を見上げた。眉根を寄せ、やりきれなさを顔にたたえ、それでも必死に義宗の目を見下ろして自らの気持ちをぶつけてくる彼は、もう子供ではなかった。

「だから俺は……」

かくん、と膝が抜けたようにしゃがみこんだ夜次は、項垂れながら、小さな声で言ったのだ。

「師範の愛情を、間違っているだなんて思わねえよ」

そう言いながら夜次は、自らの心をがんじがらめに縛る問いが解けゆくのを感じていた。この世に一人残され、孤独になるのは辛いだろう。けれど、永月に幸せになってほしい気持ちも醜い嘘にはならない。

人の情に、愛に、正解も不正解もない。悲恋の果てに生き霊に落ちた鈴姫、母を失ってなお強かったお喜乃、娘に会いに凍てつく海を幾度も泳いだ父、弟を庇(かば)い人を殺(あや)めてしまった兄、妻に生きてほしいと願われてなお死を選んだ画家——。

果たして、彼らの愛情に嘘があっただろうか。

「君は変わった。……君は本当に、自分で大きくなる子だなぁ」

そう言った永月の胸に満ちたのは、寄せては返す波のような、キラキラと光る泡のような儚(はかな)くも美しい何か。

青年の目に光が宿っている。それは一見、諦念にも見えるけれど、決してそうではない。

勇気と、覚悟だった。

「先生が天に昇った後も、俺は変わっていくだろうさ」

夜次が、永月が消えた後の話をするのは初めてのことだった。永月は薄い瞼(まぶた)を閉じ、ゆっくりと瞬(まばた)きをしてから友にこぼす。

「ほらね、ヨシ。憎むにはもったいないくらい、この子は良い子に育ったでしょう」

桜の花びらが静かに舞い落ち、静寂のなかに宴会の音だけがこだまする春の庭で、ぽつりと永月が言った。

「……夜次、俺は」

「師範、今更謝らないでくれよ。俺も俺を憎んでる。幽霊橋の一件は、俺も自分が許せねえ。だから師範も簡単に俺を許すな」

謝罪しようとしたわけではないのだが、早口にそう遮られて義宗は押し黙った。膝を抱えて座った夜次はまだ顔を上げてくれない。

「ちなみに。私は夜次とは違う考えですからね。私は基本的に、私に嫌な思いをさせた奴は嫌いです。だからヨシのことも嫌い。この大馬鹿者め」

わざとふんぞりかえってそう言う男に、夜次と義宗は思わず笑ってしまった。こういった話し方は、永月にしかできない。空気が緩む。

「はは、ある意味俺がいちばんイチと対等だったな。イチ、お主は他人にゃ興味がないか、死ぬ気で庇護するかの二択だろ。俺はそのどちらでもない」

「ふん、それがどうしたんです。何の自慢にもなりませんからね」

「別に自慢しちゃあいねえよ」

すっくと立ち上がった。その瞬間、義宗の体はふらりと一歩後ろに下がってしまった。いよいよ、体を支えきれなくなってきたのだ。

刻限が近い。

もうすぐ日を跨ぐだろう。

「自慢じゃねえが……いい人生だったなと思ってよ」

にっ、と歯を見せて、それから声をあげて笑った義宗。

その彼を見上げた夜次と永月は、顔を見合わせた。

「ふっ……はは、師範が笑ってんの、ガキんときに見て以来だ」

夜次の言葉に異論はない。こんなふうに、何も心にしこりなく笑うのは随分久しぶりだ。どれもこれも、この日をつくってくれた夜次のおかげだ。

義宗はゆっくりと、門へと歩みゆく。

思い出したように、鼻につく異臭がする。命を刈り取る臭いだ。

何も言わず、二人もついてきた。だんだんと遠ざかる宴の音。温い光の色よりも夜闇が濃くなる。最期の門扉(もんぴ)を彩るのは、散り際の枝垂れ桜。何度も何度も見た、花のいろ――。

「……なあ、師範。俺、どうしても言いたいことがある。今まで気恥ずかしくて言えてなかったんだ」

「なんだ」

ふと、義宗は自分がぼんやりしていたことに気づいた。夜次の声がしなかったら、もしかしたら意識が飛んでいたかもしれない。

「俺、ガキのとき、師範のことが憧れだった。だから……ちょっとばかり言葉遣いを真似てたら、本当にクセになっちまったんだ」

思わず振り返った。そこには、背ばかり伸びた夜次が少し照れ臭そうに立って、昔のように伺うような眼差しで義宗を見ていた。

　義宗の背後、夜次と永月の眼前、錆槍を見つけたあの夜に夜次が切り捨てた門から、桜に似つかわしくない冷たい風が吹き込む。

「俺の弟子は、まだまだガキだなあ」

　門の外は暗く、寒く、不気味なほどに何も見えなかった。しかしはっきりと、霊力のあるものにはわかる異臭があった。

「ちょっ……師範は頭撫でる力がつええんだよ。髪がほどけるっ。うわ、信じらんね、ほどきやがった！」

　パカりと、暗闇の中に大口が開く。赤い赤い舌。白い牙が覗く。

「夜次の癖っ毛が爆発しちゃうのは昔っから変わりませんよね。ヨシのそのいたずらも」

　敷居のヘリに踵をつけ、内側に立つ義宗。

「イチだってこいつからかって遊ぶの好きだろ」

　敷居に片足を乗せ、外へ運ぶ。そしてもう片足も空中に浮かせた、その瞬間。

「じゃあな。ありがっ……」

　陽炎のように消えた男。

　パクリ。暗闇に浮かぶ、一文字に引き結ばれた唇は、にいっと今宵の月の形に微笑んだ。

「ほな、帰るわ」

　異臭が遠のき、ほのかに、潮の香りがする。

「……夜次。私たちも、もう帰っちゃいましょうか」

しばらく黙ったのち、永月は小さくそう言った。

時刻は、子の刻を回っていた。

不思議の七
六万坪の怪火

6・文化六年／夏
六万坪の怪火

母が好きだった。綺麗でいい匂いがして、派手な着物を艶やかに着こなす自慢の母だった。母は滅多に抱きしめてくれなかった。けれど、夜にあざをつくってきた日は、泣きながら私を抱いて寝た。明け方からお昼までだ。眠くなんてなかったけれど、私は満足だった。お腹が空いていても寒くてもへっちゃらだった。

「フミ、あんたはここが好き？　ずっと、洲崎のお店にいたい？」

そう聞かれたから、大きく肯いた。お母さんがいるから、と答えたら、母は目を伏せて「なんにもわかっちゃいないのね」と言った。なぜだか母は、悲しそうな顔だった。しかし私が首を傾げたとき、兄が口を挟んだのを、今でも鮮明に思い出す。

「母さん。私は絶対にフミを守るから」

「イチ。でもあんた、あんたは男の子だからこの店じゃ誰も味方してくれないよ。守るったってお金はどうすんだい。ツラは悪かないけど、他の店に行くにしたってまだ子供すぎるよ」

「大丈夫。私は陰間茶屋になんかいかないし、フミを……フミを、この店でずっと暮らさせるなんてこと、絶対にしないから」

「いや。フミはお母さんと一緒がいい！」

たまらなくなって叫ぶ。

「あんたは黙ってなさい。ねえイチ、どうしよう、私、この店しか知らない。江戸も深川一帯の、それもこの洲崎のあたりしかわからない。勝手だと思うでしょう。でも、仕方ないんだ。仕方なかったのよ。あんたはもうすぐ十歳。もう、もう」

「食うものも増えましたから、当然じゃないですか。むしろ旦那様と女将さんが、私ら二人をこうして置いてくれたのが奇跡ですよ。女のフミはともかく、私まで」

「イチ……。私」

「私はわかっていますから。……覚悟はとっくにできてますから」

母は兄を抱きしめた。なのに、兄の顔は冷え切っていた。

羨ましい。そんなつまらなそうな顔をするくらいなら、お母さんをフミに譲って。

いつもそう。

いつもいつも、賢いお兄ちゃんばっかり愛されて、私は蚊帳の外。

お兄ちゃんなんて嫌いだ。私に何も教えてくれない。……でも、お母さんにも見せないような柔らかな笑顔で、フミと呼んでくれる。その顔だけは、ちょっとは好きかもしれない。

そう思ったのに。


ポカポカと暖かな春の日。目が覚めたらそこは、知らない橋の下だった。大きな川のそばで、キョロキョロとあたりを見渡したら兄がいた。

「あっち行け、もう十分だろう。もう五本もやっただろう。その子に触るなっ！　私の妹だ、このっ……」

真っ直ぐに川を見つめる兄は、誰もいないところに向かって話していた。それから、苛立たしげにぶちぶちと肩まで伸ばした髪をちぎり、空へと投げた。

その瞬間、髪が消えた。見てしまったのだ。

「おっ、お兄ちゃん！」

「フミ。おはよう」

「今の何？　髪の毛消えた」

「そこに良いお化けがいてね。私の髪の毛と引き換えにほら」

兄が手を開く。そこには、いくつかの銭があった。

「これで、朝ごはんを買いに行こう」

「お母さんは？　ねえ、フミはなんであそこに寝てたの？」

「母さんは」

兄は歩調を早めた。

「待ってえ、お兄ちゃん。イチ兄ちゃんっ、待ってよお」

しかし彼は待ってくれなかった。そして、聞こえるか聞こえないかの声で言ったのだ。

「母さんは、私たちを捨てました。……結局、私たちよりも」

しかしそこまで言い、兄は止まる。それから振り返り、変な顔をしてこう言った。

「でも、大丈夫。私がフミを守るから。絶対絶対守るから。だってフミは、私のたった一人の家族なんだから」

一人。お母さんはどうしたのだろう。

しかし、こちらにかけて来た兄に抱きしめられて聞けなかった。柔らかく温かい母と違い痩せっぽちで少し震えていた兄の体は気持ちよくない。

ふと、気がついた。さっきの兄の変な顔。あれは、笑おうとして口の端をひくつかせていたのではなかろうかと——。

「お兄ちゃんなんて嘘つきだ。だって全然、フミのそばに……」

「金丸、どうしたんだい。開演前にぼうっとして」

そう声をかけられて、ハッと顔を上げた。

「大丈夫？　あんたに限って緊張してるってことはないだろうね」

「うん、母様。あたしは大丈夫。ちょっと公演続きで疲れたのかな」

先ほどまで夢を見ていたようで、何やらぶつぶつと寝言(ねごと)を言っていたような記憶だけはある。

しかし頭ははっきりとしてくれなくて、パン、と両手で頬を叩いた。

「おお、気合十分ですねえ。よっ、葵屋！」

「五代目藤堂京四郎(とうどうきょうしろう)！」

「花も恥じらう女形！　江戸一の美人役者！」

楽屋の座布団から立ち上がった千両役者に、付き人らは笑いながら一斉に声をかけた。

穏やかに笑い声を上げたのは、江戸中の歌舞伎好きの誰もが認める名優・五代目藤堂京四郎。金丸は幼名だが、未だ母はそう呼ぶ。

「ははは、みんな気が早いな。今日のあたしの役どころは恐ろしい毒婦だ。果たして、妲己のお百相手に花が恥じらってくれるかな」

「そりゃ、恥じらうに決まっていますよ。藤堂京四郎の名前をここまで押し上げたのは間違いなく五代目だ。その綺麗ななりで毒婦を演じるからこそ、より恐ろしく妖艶に仕上がるってもんです」

「美人が怒ると怖ぇからなァ。五代目の名演技のおかげで、森田座は今日も満員御礼。錦絵はバカ売れ。上方の芳沢あやめに張り合える女形がこのお江戸に誕生するたあ、さすが天才だ」

「階段から落っこって死にかけたっていうのに、ものの見事に復活だもんなあ。天才子役に怪我の痕でも残ったらって、当時は大騒ぎだったのに、運までついてるとは流石の御仁だ」

「みんなあたしを持ち上げるのがうまいなあ」

化粧も着替えも済んでいる。客はほとんど入りきり、あと少し入れたところで開演だ。今日の演目は「妲己のお百」。教養深かったお百は身分のある男からも引く手数多、その美貌でたくさんの男を狂わせた。彼女に騙され、恨み死んでいったかつての夫、桑名屋徳兵衛が不気味な人魂となって現れても、カカと一笑に付し「おや。死んでもわざわざ提灯となって道を照らしてくれるとは、親切な男だ」と言い放った恐ろしい女として描かれている。

うーん、と伸びをする京四郎に、母が心配そうに声をかけてきた。

「この森田座は、江戸三座の中でも舞台袖の階段が急だよ。昔の深川の屋敷と同じくらいだ。転んで落ちないようにね」

「母様は変わらず心配性だ。お祖父様が、四代目が階段から落ちて死んだ話をずっと聞かされてるから、わかっているさ」

「あのときあんたも死にかけたんだよ！　あたしがいたから一命を」

「まあまあ大奥様、公演前ですし」

「あんたは黙っていな！」

裏方の一人と役者の母との間でバチっと火花が散りそうな雰囲気に、慌てて入ったのは京四郎だ。

「母様、口答えをしてごめんなさい。気をつけますから、今はどうか。お前は客の入りを確認しておくれ。もうじき幕が開くだろ」

座長の言葉で、皆がテキパキとまた仕事に戻っていった。

日本橋は木挽町（こびきちょう）の森田座。江戸三座に数えられる大劇場には「大入」の垂れ幕が下がり、二階席までぎっしりと客が入っていた。

花道沿いの席には、ひときわ目を引く一組の男女の客。

役者かとみまごう長身の美男と、小柄でまだ伸びきっていない髪を下ろした垂れ目の少女然とした女。二人とも腰に刀を差していた。

熱気に包まれた劇場で、黒、柿渋、萌葱の幕がまもなく上がる。

・

「ええっ、三郎太が倒れた!? 明日の公演はどうするんだ、桑名屋徳兵衛役の代打は今更誰にも務まりませんよ」

公演はつつがなく終わった。しかし、問題はその後だった。

珍しく声を張り上げた京四郎は、化粧を落とす手を止めずにそう聞いた。豪奢な美女が化粧映えのする薄めの顔の男へと戻っていく。

「それが、熱が下がらねえようで。今日の公演はなんとか気力で持ちこたえたみてえですが、幕が降りた瞬間、裏でパッタリと」

「うう、そりゃ休んでもらうしかないけれど。どうしようか、『妲己のお百』の成功は三郎太の力も大きい。あの子は背が高くて迫力があって、何より顔も声もいい若造だ。三十のあたしと組んだらちょうど年齢の均衡が取れるっているのに。團十郎に聞いて他の役者を……いいや無理だ、あいつは今上方の舞台に立っている」

五代目藤堂京四郎と同世代の大物役者といえば、同じく深川に居を構える成田屋の七代目市川團十郎だ。彼は、今度の舞台に成田屋が養子に迎えた若い役者を貸し出してくれていたのだ。

しかし、その役者が倒れてしまった。

「妲妃のお百の見せ場は、最後に花魁となったお百が、死んで化けて出た元夫、桑名屋の人魂を見て笑い飛ばすところ。やはり、桑名屋の役者も魅力的でないといけないよ、全くどうしよう。ああ、今の葵屋には代役など……」

「五代目、物は試しですがね、ツラがよくて立ち回りができそうなタッパのある男なら、一人心当たりがありますさぁ。客席に、それは男前な、どっかの役者の倅に違いねえやつがいたんだ」

ぶつぶつと呟く京四郎に、そう耳打ちしたのは焦った顔をした付き人の男だった。京四郎はしばし目を丸くして黙ったが、やがてため息をついて言った。

「まあ、何もしないよりかはいいかね。今すぐここにお招きしてくれないかい」

役者の端くれなら、きっと顔を見ればわかるだろう。

・

京四郎の楽屋に招かれた一組の男女。二人とも帯刀しているが、武士には見えない。恋人同士か夫婦だろうか。

「俺は夜次という。突然あんたのところの付き人さんに引っ張ってこられて、何がなんやらなんだが」

京四郎の顔は涼しい一重の男に戻っていたが、衣装を変える暇はなかったので、姿は前結びの帯に鶴刺繍の豪奢な着物で妲妃のお百のままだ。

「こら夜次、そんな口聞くんじゃないったら。あんたね、深川に住んでるなら知っておきなさいよ。この人は葵屋の五代目、お江戸でいちばん綺麗な女形の役者さんなんだよ。深川のさ、洲崎に藤堂家のお屋敷があるの、わかる？　あー綺麗。素顔も男前なのよねえ」

ポカリと頭を叩かれた夜次は、げんなりとした顔で立ったままのお涼を見あげた。

そんな様子の二人に、京四郎は指をつき、それは優美な動作で頭を下げた。

「突然申し訳ございません。本日はご観劇いただいたとのこと、ありがとうございます。実は事情がございまして、桑名屋役の」

「ああ、いい。いい。聞いている。さっき、そこのあんたの付き人さんに全部聞いた。それでここまで引っ張ってこられたんだから」

「驚かれたでしょう。すみませんね、うちのが、絶対にどこぞの舞台役者だって言って聞かなかったものですから」

「芝居なんてしたことねえよ。観劇すら、今日が初めてだ」

そう言って夜次はため息をついたが、斜め下に向けられた瞳や何気ない表情ひとつに、京四郎は視線を取られた。

この男の顔、見れば見るほど美しい造作をしている。女形の化粧を施すには少々顔が濃すぎるかもしれないが、男役ならうってつけだ。完璧な骨格、目や鼻の形、位置。山形の上唇、舞台映えする体躯。

桑名屋徳兵衛どころか、主役を張れる。

一体、深川で何の仕事をしているというのだろう。

京四郎は夜次の声にも注目していた。舞台に響く低さを持っていながら、よく通る透明な声をしている。夏真っ盛りでゆるく着られた着物の裾からは胸筋と腹筋が覗いていた。これなら大声も張れる。ピッタリだ。

　役者じゃないなら到底無理だろうと思っていたが、気が変わった。

「夜次さん、あなたは普段何をされているんです？　いや、どうにもね、あたしには、あなたは舞台の上に立つ星の下に生まれてきたとしか思えないんですよ。なんなら、葵屋で主役をやってほしいくらいだ」

　熱烈な誘いの言葉に、きゃー、と小声で歓喜の声をあげたのはお涼。しかし当の夜次は、困って眉間の皺を深くしたのみだ。

「すげえ役者だからって、目利きまでできるわけじゃねえだろ」

「いいや、あなたは七代目市川團十郎と並び立っても遜色ないだろう。あたしは何人もの役者を見ている、間違いない。そんなに、今の仕事が惜しいですか？」

「俺は呪安寺の祓い手だ。だから、役者は無理だ」

　これでいいか、と伺うように京四郎を見る夜次。

　しかし、互いにだんまりしたまま十数秒も経ったころだろうか。夜次は困ってしまった。なぜなら、眼前の京四郎から柔和な笑みが消え、そして、黙り込んだと思うと、その表情はとても彼らしからぬものになっていったからだ。

「……祓い手？」

「あ、ああ。知ってるだろ、呪祓師。いや、バケモノ祓いのほうが通じるかな」

　声が一段高くなる京四郎。唸るような声をあげた彼の目は吊り上がり、端正な口元は歪み、まるで今にもツノが生えてきそうな、文字通りの鬼の形相へと変貌していったのだ。

「お、おいあんた、どうし」

「……な」

「どうした」

「……るな。近寄るな。出てって！　二度と私の近くに来ないで！」

言葉遣いが変わっている。声色もキンと甲高くなり、まるで違う人間のようだ。

それから、プツンと糸が切れたように、藤堂京四郎の体は楽屋の畳の上に崩れ落ちた。夜次が慌てて、意識を失った京四郎の体を膝に抱えるとその額には脂汗が浮かんでいて、先程まではなかった濃いクマがくっきりと涙袋の下にあった。

「お涼、人を呼んでこい」

「金丸！」

狭い楽屋に飛び込んできたのは、上等な黄昏色の着物を着込んだ女性。京四郎の母、お福だ。

「金丸、金丸っ。しっかりしなさい！」

「突然倒れたんだ」

「出ていって」

「あ？」

「出ていきなさい。私がいない間に何があったか聞きましたよ、あの出来損ないの下働きに連れてこられたんでしょう。もう用はございません。金輪際、バケモノ祓いはうちの舞台に近づかないで」

それは上品ななりと不釣り合いなほどの、ものすごい剣幕だった。お涼たちの顔に彼女の唾が飛ぶ。

「な、あんたねぇ」

「お涼、いい、いい。帰ろうぜ」

これ幸いとばかりに腰を上げた夜次と、それに宥められる形のお涼。青い顔をした息子を大事に抱きかかえたお福は、一瞬たりとも視線を逸らさずに、出ていく二人の背中を睨みつけていた。

・

「ってことがあってよ。やっぱり天才役者っていうのは、ちょっと変な性格してるモンなのかな。ありゃまるで二重人格だ」

「へえ、それは災難でしたね。私、お涼ちゃんとの甘酸っぱい話でもないかなと思ったんですけど。君が歌舞伎の人から声かけられるのなんて、予想通りすぎて面白みも何も……」

片腕をなくし、少々歩き方がぎこちない永月に合わせてゆっくり歩く青年は前より体が厚くなっており、夏用の浴衣がよく映える。そんな相棒の容姿を見たことはないが、異様にモテることを知っている永月は、じっとりとした目で彼を見上げた。

葉月。蒸し暑い昼間とは打って変わって、深川の夜は少し涼しい。風が心地よく、それも、この臨海の埋立地ならば尚更だ。

「おーいお二人さん。くっちゃべってねえでよ、もうすぐ仕事場だぜ」

そう言ったのは同心の亀彦だ。夜次の方を振り返り声を張った。

「俺が火炎尼と座るはずだった招待席、お涼と夜次で満喫してくれたのは嬉しいがね。お前たちが楽しんでる間、俺はこの、洲崎から六万坪だか十万坪だかのあたりの調査で大変だったんだからな」

そうなのだ。あれは、本来ならば深川に居住している葵屋藤堂家が同心や役所連中に少々賄賂の意味も込めて配ったなかなか希少な招待券がないと座れない席だったのだが、亀彦は急遽仕事が入っていけなくなったのだ。

「で、ここ六万坪で怪火騒ぎですか。怪火、狐火、燐火、時には人魂だなんて言いますよね。そういえば、妲己のお百が人魂になった桑名屋と邂逅するのも、ここらですか」

深川の臨海部には、江戸中の塵を集めて埋め立てた土地がある。洲崎と呼ばれる地区から海の方へ、六万坪だとか、十万坪だとか呼ばれたあたりだ。江戸で大火事が起きるたびに出る塵を材料に埋め立てられたものが、いつしか景勝地にも数えられるようになり、かの歌川広重も「深川洲崎十万坪」という浮世絵を残しているほどだが、あるとき高潮に見舞われた。以来、六万坪、および十万坪のあたりは幕府によって居住禁止区域となっていた。

そんな場所で、夜中、青白い炎が彷徨しぼうっとあたりを照らすことがあるという。最初に同心番所に通報したのは、ほど近い洲崎の妓楼の娼妓たち。ついで、町民からもチラホラと目撃情報が上がり、亀彦と鶴太郎が駆り出されたというわけだ。

「昔っから、雨の降る日の墓場にゃ雨に誘われた魂が土から出てきて、怪火になるもんだ。でも、埋立地に死体は埋まってねえはずなんだがなあ」

「いいえ、亀。怪火は土葬された肉体から出た人の魂だけが燃えているわけではありませんよ。時には人の執念、それこそ、捨てられた物に込められた重く昏(くら)い気持ちも、昇華する段になって燃料になることはある」

永月の言葉を同心と岡っ引きにそのまま伝え、夜次は真っ暗の六万坪を見渡した。高潮で流される前は、多くの店が並んで賑わっていたのだろう。今でも昼間は、洲崎神社がまるで海に浮かんでいるようにも見え、筑波山や南へ伸びる海岸線が美しく、潮干狩りに訪れる人もいる。とはいえ、夜は全くの無人だ。

手に持った提灯を揺らし、夜次は言った。

「それこそ、ここに住んでいた人間の気持ちだとか、ここで死んだ人間、それかもしくは、この土地のもとになっている大火事で燃えた廃屋なんかも、怪火の原因になってるかもな」

「おいらにゃとんと想像つかねえが、そういうモンなのか？」

「そういうものだ」

「ゴミは深川の岸の方に持ってってって、砂と一緒に埋め立てちゃえば良いって、今でもそういう感じですからね。そりゃ、人間が出した塵芥には、人間の気持ちやら魂のかけらやらが付着しているでしょうよ。……で、我々は、そういったものが燃えて怪火になってるのを、一個一個祓えばいいんですか？」

「まさか。キリがねえぞ」

夜次の言葉に、そんな意味のない面倒なことをさせてくれるなという圧が滲み出ていた。誰も住んでいない埋立地で、怪火が出る。たしかに気味が悪いだろうが、死人はおろか、怪我人もその他の被害も一切ないのだからわざわざ呪祓師を動員しなくてもいいだろうに。

「いや、それが。依頼主が、あの七代目市川團十郎なんだ」

「あ？　なぜだ？」

七代目市川團十郎。深川に屋敷を持つ歌舞伎役者だ。十歳で襲名した天才で、同じく深川に居を構える歌舞伎作家の四世鶴屋南北と組み、東海道四谷怪談などで地位を確立していった稀代の名優だ。

「深川には芸事を極める人も多いですから。で、その團十郎さんがなんでまた」

「洲崎のなじみの店の女が、怖い怖いと騒ぐらしくてな。なんやかんやであそこの家はものすごい金持ちだ。俺たちお役所への付け届けも多いってんで、無視するわけにゃいかなかったのさ。形だけだ、今日働きました、って証拠がありゃいい」

「金だけならまだしも、色ぼけかよ」

「ねえそれより、潮風が心地いいねえ。音もいい。波が岸にぶつかる音がする」

「おい、先生走るな。見えてねえんだろってば、あぶねえ！」

「あーあー、俺たちはここにいるからな」

夜次が慌てて走っていったのを見て、また年甲斐もなく永月がはしゃいでいるのだろうと踏んだ鶴亀の二人はあくびをして座り込んだ。だだっ広く寂しい平地だ。

「ねえ夜次、星はさぞかし綺麗なんでしょうねえ」

波の音がよりはっきりとしたあたりまでかけてくると、くるりと振り返って永月は言う。夜次は気が気ではない。堤防も何もないので、暗い夜の海に落ちられてはたまったものではない。

「いやあ、洲崎あたりね。久々に来ましたよ、私の実家があったところです。実家というか、まあお店ですけど」

初めて聞く話だった。もっと聞きたい。そう思ったが、永月が今まで語ってこなかったことだから、聞いて良いのか躊躇われた。

「あれ、興味ない？」

「そりゃ聞きてえけど、なんで今になって突然」

「今日の仕事は暇そうなので」

「……誤魔化されねえぞ」

眼前に黒い海、頭上に宝石の煌めき。しんとした空間に怪火はなく、ただ、闇に溶けゆく水平線だけがある。

「誤魔化されてくださいよ。お願いですから、今日だけは」

どこまでも続く波打ち際の闇に視線を投げかけ、ぽつりとこぼしたものだから、夜次は黙るしかなかった。

「売れっ子の娼妓だった母が働いていた妓楼はね。フミが燃やして大火事になって、今は別の店がある。これは君に話しましたよね」

「ああ……」

「洲崎なんですよ。場所。それで、先日君が見に行った歌舞伎。主演の五代目藤堂京四郎は、母の店のすぐそばに住んでいました。それで、フミの起こした火事から逃げようとして頭を打って、九死に一生を得たらしいですね。後から私も知りました」

(だからあの母親、あんなに心配していたのか)

夜次の脳裏に、いい歳した息子を抱くお福の姿が思い浮かぶ。

「藤堂家の屋敷、妓楼の火事の後に立て替えられましたけれど、今も同じところにあるんですね。さっき通りかかって、初めて新しい屋敷を前にしましたよ」

そんな事情をまるで知らなかった夜次は、花街(はなまち)だなとしか思わなかった。だって、永月は何も言わなかったのだから。

「ずっと近寄れなかったよ。でも今日は通れた。通るまで、気づきもしなかったんだ。以前の私だったら、ああ、仕事場が六万坪ならあそこを通るだろうなって思って、サボったかもしれなかったのに。いつの間にかね、乗り越えてしまっていたんですね。誰のおかげかなあ」

ふふ、と笑みをこぼして、横に座る夜次を映す瞳は凪(な)いでいた。

「それで、やっと……見つけました。残された気配があった」

「先生」

「深川中を探したのに、見つからない。掠(かす)りもしない。なんでだろうって思っていたのだけれどね」

心臓が痛い。

「私は馬鹿だなあ。無意識の、自分の臆病さに気づいていなかった」

まさか。

「行きましょう。少し離れているけれど、ほら。そこに見えるでしょう、君の力なら」

すっと指さした先の波打ち際には、どこまで続くかわからない闇があった。

そこに浮かんでいたのは、いくつかの炎。青く光る、怪火。

「そんな体になっても、あんな遠くのモンを感知できるのか」

「そりゃあ。私は、家族だからね」

家族。面と向かって、自分以外の者を指して初めて家族と言った永月。ぐらりと地面が揺れた。そして夜次は、揺れたのが己の体だと気づいた。

喉が渇く。キンと耳鳴りがする。最後の仕事だ。行かなくてはならない。

今日これから決着がつく。決着をつけるのだ、自分の刃で。

・

火を燃やす方法は知っていた。

大好きな母が煙管（きせる）に火をつける瞬間を、何度も見てきたから。客から贈られた金の蒔絵（まきえ）が施された煙草盆（たばこぼん）の、火入れの中に入っている炭で火をつけるのだ。

（でも、フミにはまだ早いから。私はもっと別の、別のやり方で火をつけないと）

洲崎の家を出て、人波をかき分けて歩を進める。手ぬぐいのおかげで周囲からは京四郎だとは気づかれない。次第に人はまばらになる。洲崎の街で遊女を物色する男らの影も、浜の方に向かうにつれて少なくなる。

そういえば兄は、煙草盆の扱い方も中の灰落としの処理の仕方も習っていた。いくら頼んでもさせてくれなかったのに、また賢い兄だけが母から教わっていた。贔屓(ひいき)だ。

そんな記憶が蘇る。そうだ、私は私の火のつけ方を知っている。あの綺麗な煙草盆に触らせてもらえなかったとしても、私は。

燃え盛る二階建ての妓楼。洲崎の一角で、的確に、速く、そして強く、火はその建物だけを燃やし尽くした。

あのときは、どうやって燃やしたっけ。

(胸が痛くて、ギュッてなって。なんで、っていう気持ちと、お兄ちゃんが嫌いな気持ちと、お母さんに……お母さんに、フミも抱きしめてって、言いたくて)

『金丸……金丸……』

さっき布団に寝かせた、苦しそうだった母様の声がした。違う、求めているのはあのお福ではない。私のお母さんは、もっと若くて綺麗でキラキラしていて、それで。

「でも……フミのこと、あんまり呼んでくれなかった」

『母さんは、私たちを捨てました。……結局、私たちよりも』

兄はあの後、どんな言葉を飲み込んだのだろう。

『でも、大丈夫。私がフミを守るから。絶対絶対守るから。だってフミは、私のたった一人の家族なんだから』

（うるさい、うるさい、お兄ちゃんなんか嫌いだ。だって寂しいって言ってるのに、夜中しか一緒にいてくれなかった。一緒にご飯食べてくれなかった。そ、それに、お母さんがフミのこと、捨てただなんて言って……）

でも、名前は呼んでくれた。笑顔を見せてくれた――。

あの日、兄とくるまっていた布団を抜け出して、明け方の町を母の店までかけていった光景を思い出す。寂しくて、寂しくて、兄への嫉妬と甘えたい気持ちがないまぜになって、とにかく母を求めたあの日。

大きな体は動かしづらい。自分に合っていないと感じる。けれど、この体を手に入れてよかった。だってこの体は燃えたお母さんのお店のすぐそばの家にあって、階段から落っこちた子供の体はちょうど入りやすくて、その上、この体は、藤堂京四郎は、金丸は。

「お兄ちゃんみたいに才能があって、いっぱい褒められて、色んな人が笑ってくれて、母様も抱きしめてくれて……」

でも、それでも、自分は。

フミは、お母さんに会いたい。

ふと、兄の笑顔が浮かぶ。下手くそな笑顔だった。

「……なんで、どっかに行っちゃうの」

会いたいのは母だ。兄じゃない。それなのになぜ、頭に浮かぶのだろう。

気がつくと今夜も、目の前には六万坪の海岸線が広がっていた。

今日もあかりを灯すのだ。燃やして、火をつけて、そして探そう。手が汚れても水浸しになってもいい。探す。今夜も、探す。

「え……？」

しかしそのとき、思い出が埋め立てられたこの場所で、見つけてしまった。

大きな背丈。肩あたりまである真っ白な髪。隻腕にはためく左袖。何もかもが記憶と違った。

それに、距離だって遠い。それでもなぜわかるのだろう。

「……イチ兄ちゃん？」

そして、フミは、京四郎の体は、夜の海岸線に崩れ落ちた。

目が、合ってしまった。

歩いてくる男を前に、逃げようとした足が動かなかった。腰が抜けた。ザクザクと足音がひとつだけした。白髪の男の後ろについてくる男のものだ。刀を持っている。

怖い。

怖い、怖い、怖い。

そうだ、あの日自分は、斬られたのだ。母に会いたいと店の前で泣いていたところを、門番の大きな男に。

「い、いやだ、いやだ痛い、痛いよ。痛いよお、お兄ちゃん！」

「フミ」

うずくまった頭上から落ちてきたのは、男の静かな声だった。こんなに低くなかった。こんなに震えてなかった。けれどこれは。

「フミ。……お兄ちゃんに顔を見せて」

首を振る。だってこの体は、フミのものではないのだから。

「これはフミが出した炎なの？　綺麗だね。探し物をするにはうってつけだ」

「……探し物。ああ、暗い地面を照らすためにこの火を出していたのか」

刀を持った男の声がする。ゾッとした。恐怖が再び襲いかかってきた、そのときだった。

抱きしめられたのだ。細くて、骨張っていて、しかも腕は一本しかない。母とは大違いだ。なのに。

「お、お母さんがいいのに」

フッと体が軽くなる。動かしづらかった大きな体からずるりと抜け出て、自分に見合った軽さを手に入れた。ドッと鈍い音を立てて落ちたのは、寝息を立てる藤堂京四郎の肉体。そして、永月の片腕の中に収まったのは、ガリガリに痩せた、小さな少女の体だった。

(先生と、同じ顔だ)

下がり眉、つり目、大きな瞳。薄い唇と、細い鼻筋。少女は黒髪黒目だけれど、夜次にははっきりと、この二人が血を分けた兄妹なのだとわかった。

「ごめんね、フミ。お兄ちゃん、母さんと同じにはなれないね」

永月の声が震えていた。背を向けられた夜次にその顔は見えなかったが、泣きじゃくる少女の霊魂ははっきりと視認できた。

妓楼にいた人間全てを焼き尽くした彼女にべったりと張り付く黒い影があった。彼女が因穢（いんえ）だ。因穢に違いないのに、そこにあったのは恨（うら）みつらみというよりも、もっと切なくて、痛くて、辛い何か。

「今まで、一人で寂しかったね。ずっと母さんのお家を眺めて、藤堂のお屋敷にいたのかい」

「うん、お母さんがお空から会いにきてくれたとき、フミのこと見つけやすいように……」

「その体は、誰かと約束して借りているのかい？」

「と、藤堂のお家の、母様。頭から血を出してる男の子を見てたフミに言ったの。体はあげるから、なんでもするから、この子を助けてって……藤堂のお家の役者の子、フミと同い年なのに、頭良くて、みんなに好かれてて、だから……」

「辛くなることは、言わなくていいよ」

死に瀕（ひん）している肉体に、別の魂が宿ることがある。つまり、取り憑（つ）かれるということだ。しかし、本来の魂が欠損していた場合は、全く別の魂が入ることで体が回復することがある。

お福は、きっと見える側だったのだろう。

その上で、妓楼の火事から逃げる途中で頭を打った金丸を助けようと、フミを受け入れたのだ。

「お母さんのお店、六万坪に埋められたって、去年聞いたの。だから、もしかしたらお母さんの着物とか櫛とか、お店の柱が埋まってるんじゃないかって」

少女は必死に言い募りながら、自分のせいだと感じていた。自分が燃やしてしまったのだ。やはり自分には火はまだ早かったのだろう。なのに、気づいたら刀で斬られていて、痛くて寒くて冷たくて、この身から大きな大きな炎が出てしまったのだ。

ただ、泣いているだけのつもりだった。そう言っても、きっと信じてもらえない。

だから兄は怒ると思ったのに、ギュッと尻から太ももを支える片腕に力を込めて、彼は絞りだすように言ったのだ。

「そうか。がんばったね。ごめんね」

「イチ兄ちゃん」

「お兄ちゃん、フミのことたくさん探したんだけれど、見つけられなかった。もっとそばにいてあげたかったのに、いてあげられなかった」

あやすような動きで体を揺らしながら、腕に抱いた妹の肩口に顔を埋める兄。大泣きして兄を責めながらも、決して離れない妹。

「もう、お兄ちゃんはフミから離れないよ」

どれだけ時間が経っただろう。フミの泣き声が消える。永月の、噛んで含ませるような言葉もなくなる。そして、聞こえてきたのは穏やかな寝息だった。

負けた。

もういいや。

そんな思いが夜次の心に浮かんだ。

敵うわけない。だって、フミを見つけてから、永月は一度もこちらを――。

「夜次」

不意に名を呼ばれて、思わずハッと視線を戻す。

ぼんやりと頭上の星を見ていたところだったから、目に溜まっていた何かが落ちてしまった。

「夜次。君にしか頼めない」

背中を向けたままの男が言う。

「……わかってる」

スラ、と刀を抜く。

「そうですねえ。私がまたこの世に生まれたら、今度は化け物は見なくていいから、君の顔が見てみたいな。あんまりお嬢さんたちに人気なのに、君がどんな顔なのか想像すらつかないのに腹立ってきてるんですよね」

「こんなときまで、あんたは」

乾いた声だった。自分には、あのようなむき出しの感情は見せることはなかった。当たり前だ。だって本当の家族ではない。でも最後くらい、こっちにも顔を見せてくれてもいいじゃないか。これでは、腕に抱いた妹と自分は全く違う土俵にいるではないか――。

そう思った矢先、くるりと永月は、首だけで夜次の方を振り返った。

「そうだ、再会は出会ったころと同じ、桜の季節にしましょう。約束ですよ」

「え……」

「何を惚けた顔してるんですか。再会です」

「なんで。俺と？」

「なんでって、君ねえ。魂は巡るんですよ。確信がありますからね、私は未練ったらしさにかけては江戸いちばんの男だと。だからね。私は、必ず君に会いに行く」

自慢することか、と呆れてみせたかったが、できそうもない。涙で前が見えない。台無しだ。最後にこの人に向ける顔が、こんな顔になってしまった。

だってしょうがないだろう。

辛くて寂しくて、そして大きく振り上げたこの剣を握る両方の手が震えるほどに。

（嬉しい、なんて）

命の最後の一雫を使って、自分なんかを思ってくれる人がいる。

「私はフミを愛している。だから一緒に逝きたい。でも、君のことも愛している。だから、君ともっと同じ時間を過ごしたかった。君の道行きを見てみたかった。だからね、君は……」

囁かれたのは、永月の最期の願いだった。

夜次は真っ直ぐに彼の瞳を見て、渾身の霊力を乗せた刀を振り下ろす。

「安らかに、悟りたまえかし」

しじまに溶けゆく永月の祈りは、死者たちに向けてだけではなかった。

「……ちゃんと、叶えるよ。あんたの願いだからな」

月のない夜。青年は独り、刀を収めた。

終幕・文政四年／春

死んだ人間は決して蘇らない。全く同じ人間は、二度は生まれてはこない。

しかし、命はとこしえを巡る。輪廻（りんね）のことわりに則（のっと）って、天に昇った魂は必ず、また巡っていくのだ。

『……君は、せいぜい長生きして待ってなさいね』

あの日、あの人は、そう願って消えた。

「せ、んせ……い」

わかっていた。きっとあれは、遺される自分を想ってくれた彼の最後の優しさだ。また会えたとしても、所詮は夢の中だけ。いくら名を呼ぼうとも、戻ることはできない。何度も何度も見る夢に過ぎないのだ。

「かしら、起きて下さい。かしらってば、ねえ、夜次様！」

「ミー、ミャン、ミャ」

黒い羽織の女性と、その肩に乗った猫が懸命に声を掛ける。文机（ふづくえ）に突っ伏した男が薄目を開けた。

いつから昼寝をしていたのか、硯（すずり）の墨には桜の花びらが散っている。先代頭領の竜頑坊（りゅうがんぼう）が、代替わりのときに桜の木を贈ってくれたのだ。おかげで、殺風景だった呪安寺の中庭はずいぶん華やかになった。年月を経て、仲間が増えた。立場が変わって、背負うものも守るものも、昔よりずっとずっと多くなった。

もはや一人ではないことは、とうにわかっていた。もう、毎日彼の影を探すようなこともなくなった。しかしだからといって、あの約束を、綺麗さっぱり忘れられたわけでもない。

「悪い、お喜乃。昨夜、遅くまで京四郎の芝居を見に行っていて。ああ、もう仕事の時間だな」

・

心臓がうるさい。

今日ついに、ずっとずっと悩まされていたことに区切りがつくはずだ。そう思えば思うほど、緊張が高まった。小さな手のひらにまとわりつく汗が鬱陶しく、正座したまま袴で拭いた。

「夜次様、こちらです。この子がかしらに相談事があると」

ゆっくりと開けられる襖の向こうから、女性の声がした。

「様付けはよせ。昔みたいに呼んでくれよ、お喜乃」

それから聞こえた男の声。

（やっ、やっぱりだ！）

間違いない。あの人だ。でも、信じてもらえるだろうか。変なやつだと一蹴されるだろうか。それとも、何かおかしな妖が自分に取り憑いているのだと看破してくれるだろうか。

「そういうわけにもいきませんよ。さ、夜次様をお連れしました。あなた、一人で説明できますか？」

夜次の目の前には、小さな依頼人。歳は十二歳になったばかりだという。伸ばした黒髪を高くひとつに括っている男の子だ。

俯いた子供がこく、と肯いたのを見て、眼前にあぐらをかいて座った夜次は、不安そうな顔をしているお喜乃の方を振り向いて、外を指さした。依頼人に身分も年齢も関係ない。「呪安寺のかしらに」と、はっきり指名されているのだから、引き受けた以上は自分が話を聞くべきだろう。

子供の膝の上で握られた二つの拳が震えているのがわかった。その子供は、ひどく緊張しているらしかった。

「……え、えと、私は」

案の定、畳を見たまま言葉が出てこない様子の子供。

「お喜乃から聞いている。お前は、佐伯の屋敷の向かいに住んでいるんだろう。物心つくころから霊やら妖怪が出てくる変な夢を見るせいであまり眠れないんだと」

肯いた。けれど、鼓動は落ち着かなかった。

理由は明白だ。

この男の声のせいだ。そう、この男の声が、夢に出てくるあの声とそっくりなのだ。そんなことを言ったら、きっと気味悪がられるかもしれない。だから唾と一緒にごくっと言葉を飲み込み、顔を上げられないまま少年は言った。

「いつかお寺に言わなくてはと思っていました。私は、兄様が二人いる末弟ですが、夢の中では妹がおりました。私の家は武家なのに、その夢の中では捨てられっ子で、当たり前みたいにお化けと話をしていて……」

ピクリと、畳ひとつ分向こうに座っている男の膝もとが動くのが見えた。自分の話を静かに聞いてくれることに安堵(あんど)した。夢のせいで不安だという話をすると、侍の子がそんな軟弱なことを言うなと、父によく叱られていたからだ。

「変なんです。途中から、目の前が真っ白にぼやけて何にも見えないんです。でも、そこにお化けがいるってわかるし……。こ、怖くはなくて、私はずっと笑ってて、でもなんで笑ってたのか、起きたらほとんど覚えておりません」

うまく言えないなりに、懸命に言葉を紡ぐ。

「でも、ひとつだけ絶対覚えてることがあって……決まって最後は同じ人が出てきて、私はお別れするんです」

ぎゅっと目をつぶる。変なことを言っているのは自分でもわかるので、話すのには勇気がいった。ここまで話したら、やはり言わなければならないだろう。

早く言えと、脈打つ心臓に言葉が蹴り出された。

「私は、その人のこと、あなたと……あなたと同じ名前で呼ん、でっ……」

夜次。朝が好きだから、夜の次と名付けた。

それまで黙って聞いていた夜次が、初めて言葉を口にした。

「先生……？」

思わず少年は顔を上げる。

呪安寺の若き頭領と、まだ子供の依頼人。

初めて顔を見合わせて、夜次は大きく目を見開いた。その子の、生まれつき色が抜けている左目。忘れぬように何度も何度も反芻したその、光に透ける目の色は、ちゃんと心に刻み込んである。

「ああ、君はこんな顔だったんですね。やっと見られた」

するりと子供の口から出た言葉。

なぜだろう。言った途端、嫌な緊張も心地悪い動悸も全部なくなっていく。

すると、頭の後ろの方からたくさんの言葉が一気に雪崩れ込んできた。

『今度は君の顔が見てみたいな』

そうだ、そう。別れ際に願った。霊視だなんて面倒なものは要らないから、次に巡ってきたときは、ただ顔を見てみたいのだと。

気がつくと少年は夜次の腕の中にいた。懐かしい梔子の匂いがした。とても気分がいい。不安感が消えていく。

「君、今、幸せですか？」

まただ。勝手に口が動く。

「今。今と訊いたな」

すう、と、夜次が息を吸った音がした。

「あんたがいない世界でようやく、生きていて良かったと思えるほどには、幸せだよ。先生」

その返答を聞いた少年は、満たされた気持ちのまま、抱きしめる男の背に腕を回して指に力を入れた。そしてその瞬間、静かに、頭の中で何かが弾（はじ）けた。

先ほど雪崩れ込んできた言葉たちが、今度はふわりと浮いて消えてゆく。と、同時に、体が軽くなった気がした。絶対に果たさねばならないことをやり遂げたような、何かから解き放たれた気分だった。

「あれ。私、今何か言いましたか？　なんで、ここに来たんだっけ。そうだ、呪安寺に相談をしにきたんだ。……なんの相談だろう」

起き抜けに、ほろほろと夢で見ていたものを忘れていくように、何かがあったことだけは覚えているのに、中身が何ひとつ思い出せない。

もうあと数年で元服だというのに、大人に抱きしめられているこの状況が気恥ずかしく、少年は慌てて夜次の腕から抜け出した。

「変だな。覚えてない。絶対ここにこなきゃと思っていたのに」

狐につままれたような心地でいると、笑いを堪（こら）える声が聞こえた。

「俺は祓い手だ。お前の中にあったものを、祓ってやったまでさ」

それから、ひとつ問われた。

「お前、名前は何という」

キョトンとした少年。しかし少し後、誇らしげにその家名と、親から貰った名を口にした。

夜次の耳に入ってきた響きは、あの人とは似ても似つかないものだった。

しかし、それでいい。それでいいのだと、今、ようやく思える。

「お前は、幸せか？」

少年の返答に、夜次は、屈託のない笑みを浮かべた。


憑き物が落ちた依頼人と、半時ほど日々のたわいもない話に興じたところで、お喜乃が茶と菓子を差し替えてくれた。夜次の甘党は、二十九になっても相変わらずだ。

部屋に吹き込んだのは春の風。

中庭の桜の花びらが、波跡のように畳に残った。

謝辞

本作を書くにあたり、「深川七不思議浮世絵風木版画」（絵：北葛飾狸狐、刷り：三木淳史）から多くの着想をいただきました。また、「深川七不思議」（松川碧泉）を発掘し、現代に甦らせてくださった文芸評論家の東雅夫先生、登場キャラクターに繊細で優美な姿を与えてくださった紗久楽さわ先生に厚く御礼申し上げます。

水川清子（みずかわ・きよこ）

愛知県名古屋市生まれ。現在は東京都在住。上智大学法学部を卒業後、一般企業に勤務する傍ら小説を執筆。

夜と月の呪祓師（じゅふつし）—異聞深川七不思議

2023年6月10日　初版第1刷発行

著　者 ———— **水川　清子**
©Kiyoko Mizukawa

発行者 ———— **古川聡彦**

発行所 ———— **株式会社猿江商會**
〒135-0002　東京都江東区住吉2-5-4-101
TEL：03-6659-4946
FAX：03-6659-4976
info@saruebooks.com

カバーイラスト・本文挿画 ——— **紗久楽さわ**

装丁・本文デザイン —— **園木　彩**

印刷・製本 ———— **壮光舎印刷株式会社**

ISBN978-4-908260-13-1　C0093　Printed in Japan